江苏师范大学科研基金项目(项目编号:21XFRS026)阶段性成果

中岛敦文学研究

以"三造的故事""名利故事""师徒故事"为中心

种茗 / 著

图书在版编目（CIP）数据

中岛敦文学研究：以"三造的故事""名利故事"
"师徒故事"为中心 / 种茗著. -- 苏州：苏州大学
出版社, 2024. 11. -- ISBN 978-7-5672-4274-6

Ⅰ. I313. 095

中国国家版本馆 CIP 数据核字第 2024ZN7502 号

Zhongdaodun Wenxue Yanjiu——Yi "Sanzao de Gushi" "Mingli Gushi" "Shitu Gushi" Wei Zhongxin
中岛敦文学研究——以"三造的故事""名利故事""师徒故事"为中心

著　　者：种　茗
责任编辑：金莉莉

出版发行：苏州大学出版社（Soochow University Press）
社　　址：苏州市十梓街1号　邮编：215006
印　　刷：镇江文苑制版印刷有限责任公司印装
网　　址：www.sudapress.com
邮购热线：0512-67480030
销售热线：0512-67481020

开　　本：700 mm×1 000 mm　1/16
印　　张：9
字　　数：172 千
版　　次：2024 年 11 月第 1 版
印　　次：2024 年 11 月第 1 次印刷
书　　号：ISBN 978-7-5672-4274-6
定　　价：39.00 元

发现印装错误，请与本社联系调换。服务热线：0512-67481020

『中島敦文学研究―〈三造もの〉、〈出世もの〉、〈師弟もの〉を軸に―』刊行を祝して

　種茗氏は、2016年4月立命館大学大学院文学研究科日本文学専修博士課程後期課程に入学され、2020年3月博士の学位（論文題目：「中島敦文学研究―〈三造もの〉、〈出世もの〉、〈師弟もの〉を軸に―」）を取得されました。

　当論文は、論文副題にもあるように中島敦の中期作品〈三造もの〉、〈出世もの〉、〈師弟もの〉を中心に分析・考察することで、後期作品「山月記」「名人伝」との関係性を解明しようとしたところに特徴があります。従来の先行研究や発掘した資料を精査し、その問題点を指摘したうえで、上記に示された作品一つ一つを綿密に分析、解読し、作品主題及び作者の意図に迫っています。併せて、その当時の中島敦の読書体験や書き込みにも着目し、その影響も視野に入れて論究しています。本論文の成果は、五点挙げられます。第一は、〈三造もの〉の四作品に共通するモチーフ（＝自我の問題）を解読すると同時に、自我を巡る葛藤劇に映し出される作者の創作意図を明確にしたこと。第二に、作品「山月記」に影響を与えた中国古典作品を見極め、その源流と主題の在り処を明らかにしたこと。第三には、中島敦の漢詩（創作）と小説との関係を論究し、意味づけたこと。第四として、作者中島敦の読書体験とそこに書き込まれた文（章）を丁寧に分析し、作品（「山月記」等）の読解に研究論文として初めてその成果を投影して考察したこと。そして、第五は、中島敦文学全体の中での中期作品の意味を作品主題と作者の創作意識の連続性のなかで解明し、位置づけしたことにあります。

　本書は、中島敦の文学作品を緻密な分析・考察を通して、上記五つ

の点を積み上げる実証的な研究によって主題を提示し、大きな成果を上げています。広く先行文献を踏まえ、それらを批判摂取しながら、日本の近代化に対する中島の認識とその表象を明らかにし、中島文学（中期作品）の特質を示した優れた論考と成り得ています。

　種茗氏は、学会や研究活動にも積極的で、国内外で研究発表を行い、専門家から高い評価を得ています。また、私が顧問をしています近代文学研究会や日本近現代文芸研究会では、秀れた研究発表を行っただけでなく、後輩たちへ的確なアドバイスや助言など親身になって対応してくれました。そうした姿勢を通して他の学生たちからも信頼され、頼れる存在となりました。大学では、T.A.（ティーチングアシスタント）として複数講義のサポートを行って戴きました。

　大学院在学時から将来の目標を研究職と定め、ただ専門性を高めるだけでなく、教育面での興味・関心も強いことから、このような経験を通して研究と教育の両面で自己を伸ばして行こうとする姿が看て取れます。何事に於いても真面目に研究対象や課題と向き合い、継続して粘り強く研究を続ける姿勢は、種茗氏のもっとも選れた長所だと言えます。

　指導教授として、博士学位論文を基底に一冊の著書の刊行を心底より願っておりました。今期その機会を得て出版の運びとなりましたこと、何よりも嬉しく思います。近代文学、とくに中島敦文学を研究する方々や中島作品を愛する読者の皆さんに広く読まれることを希望いたします。

立命館大学名誉教授・特別任用教授　瀧本和成

2024 年 6 月 30 日

目　次

▶ **序　章** ……………………………………………………… 001

　第一節　中島敦の文学とその時代……………………………… 001
　第二節　研究の視座 ……………………………………………… 003
　第三節　本研究の目的と構成 …………………………………… 007

▶ **第一章　父の代と三造の青春時代** ………………………… 009

　第一節　「プウルの傍で」論―遺伝嫌悪と肉体関心 ………… 009
　第二節　「斗南先生」論―旧精神の見直しと感情の新
　　　　　発見 ……………………………………………………… 021

▶ **第二章　三造の死生徘徊** ……………………………………… 034

　第一節　「北方行」論―死生哲学の受容 ……………………… 034
　第二節　「狼疾記」論―生き方の選択 ………………………… 047

▶ **第三章　「名」という生き方** ………………………………… 064

　第一節　「山月記」論―偽りの詩と偽りの性情 ……………… 064
　第二節　「名人伝」論―師の不在と他者に属する「名」 …… 077

▶ **第四章　師弟関係について** …………………………………… 089

　第一節　「悟浄歎異」論―「結果論」に予言された悟浄
　　　　　変身の敗北 ……………………………………………… 089
　第二節　「弟子」論―大きな存在に面する子路 ……………… 105

▶ **結　章** ……………………………………………………………… 119

　第一節　各章のまとめ …………………………………………… 119

第二節　主題の連続性と作者の創作意識の変化 ……………… 122
　　第三節　中島文学における〈三造もの〉、〈出世もの〉と
　　　　　　〈師弟もの〉の位置づけ ……………………………… 126

▶ 引用文献 …………………………………………………………… 129

▶ 参考文献 …………………………………………………………… 133

▶ 初出論文一覧 ……………………………………………………… 135

序　章

第一節　中島敦の文学とその時代

　中島敦は一九〇九年五月五日に生まれ、「父祖伝来の儒家に育った」（「狼疾記」）。祖父の中島太郎は漢学者として世に立ち、『性説疎義』（自家版、一九三五年十月）と『演孔堂詩文』（自家版、一九三一年一月）を書き残している。伯父の中島靖も漢学者として、『蒙古通志』（民友社、一九一六年四月）などを著し、「斗南先生」で描かれたもう一人の伯父の中島端は『斗南存稾』（文求堂、一九三二年）などを著している。そして、父の中島田人は漢学の教師として日本、朝鮮、中国にわたって教鞭をとっていた。このような家系において、中島敦は自然に漢学の素養を身につけ、中国古典文学に親しんでいた。また、彼が生きた時代は西洋文化が多く輸入されてきた時代でもある。中島は英語のみならず、ラテン語、ギリシア語を勉強し、多くの西洋文学にも触れた。このような東西文化が日本に混在している時代に、中島敦は一九二七年から一九四二年まで、文学創作を行った。

　中島がはじめて作品を発表した一九二七年に、芥川龍之介の自殺が論壇に大きなショックを与えた。「ぼんやりした不安」という彼の自殺の動機はあたかも金融恐慌を以て幕を開けた昭和時代の投影だと言えよう。また、一九二四年に創刊されたプロレタリア文学者の同人誌「文藝戦線」と新感覚派の登場を宣告した「文藝時代」が幕開けに、昭和初期の二大流派と既成文壇と対立する情勢が形成されている。そ

の潮流に乗り、中島は初期①に様々な作風に挑戦し、習作時代（一九二七年～一九三〇年）に「下田の女」、「ある生活」、「巡査の居る風景―一九二三年の一つのスケッチ―」、「Ｄ市七月叙景（一）」などの「新感覚派から自然主義風、そしてプロレタリア風」②の作品を試みた。

一九三〇年代に入ると、九・一八事変などを起こし、日本は中国を侵略したため、中国では抗日戦争が始まった。日本の文壇では「文学界」、「行動」と「新潮」の三大文芸雑誌が創刊され、「ファシズムに反対する原始的な統一戦線的な構想がそこにうかがえる」③一方、文芸復興の時期に入ることを宣告した。また同時期に、行動主義文学論と能動精神論が論壇に載せられた。このような激しい文壇の動向の中に、中島敦は中期（一九三二年～一九三六年）の創作をはじめたが、この時期の中島は視線を変え、自己に向かい始め、「プウルの傍で」、「斗南先生」、「北方行」、「狼疾記」のような主人公・三造の身近を描いた作品群を書いた。初期における朝鮮人などの時代を生きた人々への注目とは違い、中期において中島が自己に目を配るようになるのは、時勢よりもっと緊迫な問題―自己認識に迫られたからであろうが、それはもはや長く作者に付き纏った漢学素養による影響と、西洋文化がもたらした科学的・分析的な視点と個人主義などの多層的な矛盾から来ているのであろう。一九四一年六月に友人の深田久弥宛てに「病気のため、及び、生活のため」に南洋に行く意思を示し、中島敦は横浜高等女学校の教員を辞め、南洋庁に行くことになったが、南洋の生活について、一九四一年九月十三日父田人宛ての書簡に「実にイヤで　イヤで　堪らぬ　官吏生活」、「あぢきない生活」と不快を漏らしている。ほぼ九ヶ月の南洋滞在を素材に、後期の中島は南洋作

---

① 本書では、様々な作風を試みた中島の習作時代を初期とし、自己の体験と身近を描いた創作時期を中期にし、中国古典や西洋文学などに素材を求める創作や作者の南洋行による南洋作品群を後期のものとしている。初期：「下田の女」、「ある生活」、「喧嘩」、「蕨と竹と老人」、「巡査の居る風景―一九二三年の一つのスケッチ―」、「Ｄ市七月叙景（一）」中期：「プウルの傍で」、「斗南先生」、「北方行」、「虎狩」、「狼疾記」、「かめれおん日記」後期：「悟浄歎異」、「悟浄出世」、「光と風と夢」、「狐憑」、「木乃伊」、「山月記」、「文字禍」、「幸福」、「夫婦」、「鶏」、「盈虚」、「牛人」、「名人伝」、「弟子」、「李陵」

② 藤村猛「一　習作」（『中島敦論―習作から「過去帳」まで―』渓水社、二〇一五年二月）

③ 平野謙「昭和十年前後」（『昭和文学史』筑摩書房、一九六三年十二月）

品群を書き残している一方、また、「悟浄歎異」「山月記」、「弟子」、「名人伝」などの中国古典のリメイク作をも創作した。

第二節　研究の視座

　中島敦の文学研究において、初期の色々な作風の試みは先行研究①では指摘済みである。中島敦の研究は主に中期と後期の文学に集中されているが、近年では、中島敦の南洋を描く作品、特に〈南洋もの〉に関する、時代背景、言語環境を含み、他者像の形象、主題と位相などの〈南洋もの〉の内実を突き詰める研究が多く見られる②。それに対し、中期における自己を描く作品群に対する注目度が低くなってきた。しかし、中期作品には自己を検討する作品が多く、後期作品に繋がっていくテーマがたくさんある。

　中期の中島文学を言及した主な評論として、「斗南先生」と『過去帳』二篇（「かめれおん日記」と「狼疾記」）のような身辺小説に対する中村光夫の「綿々と展開する自己反省自己呵責は、鋭すぎるために却つて浅薄であり、結局のところ観念の遊戯にすぎない」③との批判に対し、武田泰淳は「かめれおん日記」と「狼疾記」を「技術的にも思想的にも、完成した作品である」④と評価している。それに、深田久弥は「これらの作品は小説未生前の地下室の作業であって、独り歩き出来る完成した作品としては足りないと感じた」⑤と言い、福永武彦は「人間の存在そのものを研究した小説」、「自我の内面を描

---

　①　藤村猛『中島敦論─習作から「過去帳」まで─』渓水社、二〇一五年二月
　②　研究著書として、橋本正志『中島敦の〈南洋行〉に関する研究』（おうふう、二〇一六年九月）（立命館大学・博士）と杉岡歩美『中島敦と〈南洋〉─同時代〈南洋〉表象とテクスト生成過程から─』（翰林書房、二〇一六年十一月）（同志社大学・博士）が挙げられる。博士論文には、楠井清文「〈植民地〉空間の文学─中島敦の作品を中心として」（立命館大学・二〇〇六年三月）、陸嬋「中島敦研究─異空間の探求と表象─」（東京外国語大学・二〇一六年三月）、ボヴァ・エリオ「中島敦文学における南洋行─『環礁』の位相─」（立命館大学・二〇一九年九月）などがある。
　③　中村光夫「中島敦論」（中村光夫　氷上英広　郡司勝義編『中島敦研究』筑摩書房、一九七八年十二月）
　④　武田泰淳「作家の狼疾─中島敦『わが西遊記』をよむ」（中村光夫　氷上英広　郡司勝義編『中島敦研究』筑摩書房、一九七八年十二月）
　⑤　深田久弥「中島敦の作品」（中村光夫　氷上英広　郡司勝義編『中島敦研究』筑摩書房、一九七八年十二月）

「モラリストの文学」という独特性や、「『過去帳』の世界は閉された世界、三造の暗い内部が同じく暗い外界にまで広がり、『希望なき(のぞみ)』状態の中に彼も外界の事物も共存する世界」①と指摘している。また、中島敦の研究著書において、中期の身辺小説、特に三造を描いた作品群いわゆる〈三造もの〉を系統的に論じたものが少ない。近年では、藤村猛は〈三造もの〉四作の関係性についてこう指摘している。

> 「プウルの傍で」は種々の回想を描きつつ、過ぎゆく青春への思いを滲ませながら、過去や他者との関係を描こうとした作品である。だが、それらは個人的レベルの回想や感想——夜の冒険や力による制裁など——であって、植民地の現状や問題追及の如き社会性を帯びることはない。かつ、作品の中心が八年前の回想で、現在の三造が旅行者として倦怠感の中にいるため、作品に描き足りなさがある。この状況は「過去帳」の主人公たちと似ている。「過去帳」から〈生活〉と〈狼疾〉を除けば「プウルの傍で」の主人公に近づく。(中略)「プウルの傍で」もそうだが、昭和十年前後の「北方行」「無題」は、否定的な言説や問いかけで作品が終わっている。肯定でなく否定は、作品の能動性や達成感を弱める。そこから脱するか、逆に見きわめようとするのか。主人公たちの否定的な面や倦怠感は、次の「過去帳」でより深く追求される。②

また、川村湊は〈三造もの〉を個々分析し、「北方行」と「斗南先生」について次のように述べている。

> 現代の中国の歴史にコミットするという気持が、『北方行』を書き進めていた中島敦の心のなかにあったと思われる。それは、改めて考えてみると、斗南先生が、(中略)「現実」の

---

① 福永武彦「中島敦，その世界の見取図」(中村光夫　氷上英広　郡司勝義編『中島敦研究』筑摩書房、一九七八年十二月)
② 藤村猛「プウルの傍で」(『中島敦論—習作から『過去帳』まで—』渓水社、二〇一五年二月)

序　章

社会とコミットしようとしたことと、どこか重なり、似たものであることに、中島敦は気づいてしまったのである。①

　上記の先行研究において、〈三造もの〉四作の関係性が言及されているが、〈三造もの〉を系統的に時間順に沿い、四作の主題の連続と変化、三造という人物の問題点を究明する作業が行われていない。本研究はまず〈三造もの〉に主眼を置き、四作における三造の人物形象と問題点を考察する。

　「プウルの傍で」において、主人公の三造が八年ぶりに中学に戻り、母校の新しくできたプールで浮きながら自分の青春時代を回想し、「生白い」体格に対する劣等感、父と継母との不仲、冒険的な遊郭体験が描かれている。「斗南先生」では、自分と類似している伯父斗南に対する三造の複雑な感情変化が描かれたが、創作十年後に追加された「付記」では、斗南著書の価値が見直され、斗南に対する三造の新たな認識が描かれている。「北方行」に至って少し違ってくる。「北方行」は〈三造もの〉の中の唯一の未完の長編小説であり、人類絶滅説を信じてすべてに「無感動」な折毛伝吉と「生きる真似」を止めて真に生きようとする黒木三造という二人の主人公が当時の中国情勢という大きな時代背景の中で登場する。後に詳述するが、前の二作に書かれた身近のことと違って急に形而上学的な死と生の内容が「北方行」に導入されたのは中島のパスカルとハックスレイの著作に対する深い関心と密接に関係しているからである。また、「北方行」の折毛伝吉の一部が最後の〈三造もの〉―「狼疾記」に移され、三造の一部として統合されたが、「狼疾記」の背景が再び三造の身近(教員勤務期間)に戻っている。

　〈三造もの〉の四作の中に、「北方行」が異類の作品として見られるのだろうが、しかし、「北方行」の「小さな者」を自覚する伝吉や、三造像はいずれも「プウルの傍で」における身体に対する劣等感と「斗南先生」の絶対的な理性を求める三造とは無関係ではなく、むしろ二作の延長線上にある作品であり、また、一見して抽象的な死の

---

　①　川村湊「斗南先生　中国を論ず」(『狼疾正伝　中島敦の文学と生涯』河出書房新社、二〇〇九年六月)

概念が急遽に導入されたように見えるが、それは「プウルの傍で」での弱い身体に対する劣等感と作者の病弱と死に対する恐怖から来ていると考えられる。そして、伝吉と三造の人物形象にパスカルとハックスレイの死生哲学が加味されることによって、作品としての深みを増す効果がある一方、個人にとどまらず、人類絶滅という絶対的運命と人類共同体の死生が対象になり、作品の内容も広げられている。本研究は「北方行」を〈三造もの〉に入れて考察する理由もここにある。つまり、「北方行」が〈三造もの〉における異類に見えるが、実は〈三造もの〉における三造の人物像と〈三造もの〉が残した問題点を解析するうえでの最も重要な一作である。

〈三造もの〉が残した問題において、後期の中島文学と最も密接につながっているのは「狼疾記」における三造の生き方の選択と「存在の不確かさ」という二つの問題である。このような三造の問題を解決するために、作家は〈三造もの〉以降の後期作品においても答えを探し求め続けている。その中に注目すべきなのは「山月記」や「名人伝」における「世俗的な欲望」と主人公の性情との関係や、中国古典のリメイク作における師というイメージの頻繁な登場である。

「山月記」と「名人伝」における〈名〉についての検討はまさに三造が提出した世間に認められたい欲望から生まれたものであろう。この二作において、詩人として出世しようとする李徴と天下の名人になりたがる紀昌の物語における絶対的な運命と自己の性情などの原因が分析され、〈名〉のための個人としての生き方が検討されている。このような〈出世もの〉から、三造が残した問題を解決しようとする作家の意図が見られる。

また、「悟浄歎異」と「弟子」に登場する師のイメージは三造のもう一つの問題——「存在の不確かさ」に対する不安を解決するために設けた人物だと考えられる。作品における師が弟子にとっての絶対的に信頼でき、頼もしい人物として造型され、そのかわりに、弟子の悟浄と子路が師に対して献身的な守護を提供しようとし、離れないようにしている。このような師に対する絶対的な信頼から、師の影響という外力を借りて自らの安定な位置を確保しようとする弟子像が窺え、師が登場することによって、三造が残した不安の問題が完全に解決されたとは言えないが、少なくとも、弟子にとっての中心的な人物、確固

な存在が見つかり、それに頼るのは解決途上の一策だと言えよう。

第三節　本研究の目的と構成

　本研究では、主に中島文学の中期から後期にかけての、「プウルの傍で」、「斗南先生」、「北方行」、「狼疾記」という同じ主人公・三造を描いた〈三造もの〉と、中国古典の物語のリメイク作における〈名〉という生き方を検討した「山月記」、「名人伝」のような〈出世もの〉と師弟関係を描いた〈師弟もの〉を軸にして分析していく。〈三造もの〉における三造の問題点を析出するうえで、〈名〉という生き方と師弟関係における師の役割を分析し、三造の問題を解決するうえでの二つの試みの意味を明らかにし、中島文学における問題提示と解決という経路を究明したい。

　第一章では三造という人物像の形成初期にあたる「プウルの傍で」と「斗南先生」を取りあげる。「プウルの傍で」に描かれた家族嫌悪、家庭の内と外、三造の遊郭冒険体験に注目し、多層的な対立の中における三造の歪んだ青春がどのように描かれたかを分析し、三造像の特徴をまとめる。また、ほぼ同時期に創作された「斗南先生」における斗南批判の底流に常に存在している斗南伯父に対する三造の感情の伏線を掘り出し、斗南と三造との類似性によって結ばれた二人の合体が覚醒した三造の感情によってどのように解体されたか、その過程を究明したうえで、三造の自己認識の方法を分析する。

　第二章では続いて〈三造もの〉の「北方行」と「狼疾記」を対象に、三造の新たな問題点を分析する。「北方行」における三造像は「プウルの傍で」と「斗南先生」の三造像から受け継いだものがあるが、しかし、「北方行」では、三造の煩悶が深刻化している。おまけに、「存在の不確かさ」の問題を以て登場する折毛伝吉という主人公が加えられたため、「北方行」における主人公の問題点はそれまでの作品との格差が大きい。本書では、この時期に中島が読んだ『パンセ』と自ら翻訳した「パスカル」に注目し、その内容と「北方行」の主人公の問題点とのかかわりを明らかにしたい。また、「狼疾記」では、「北方行」の三造と伝吉の問題点が三造の身に集約され、さらに発展している。それらの問題点を解明したら、それ以降の中島文学

のテーマにどんな影響を及ぼしたのかも自明になる。

　第三章では、「山月記」と「名人伝」を対象に、「名」を得るための条件に重点を置いて考察する。まず、「山月記」を考察する際に、作中の漢詩の創作と李徴詩に対する袁傪の評価に注目し、漢詩論を参考し、原典「人虎伝」における李徴詩に対する「文甚高、理甚遠」という絶賛とは違う、「山月記」での「格調高雅、意趣卓逸」という詩論の言葉がどこから来ているのかを分析する。そして、中島敦の漢詩創作体験や漢詩の世界と「山月記」における李徴の詩業と比較しながら、中島の漢詩と「山月記」との類似と差異を明らかにし、そのうえで、李徴詩を評価した袁傪側ではなく、李徴の立場から詩名を求めることと李徴の「狷介」な性情との矛盾を再考する。その次、「名人伝」における「名」の正体を明かにするために、紀昌が修業していた九年間の空白に重点を置き、また修業後に邯鄲に戻った後の紀昌の悟りの過程と他人の伝聞を考察し、作者の創作意図を明らかにしたい。

　第四章では、師弟関係を描いた「悟浄歎異」と「弟子」を対象に分析していく。主に師の像、師弟関係および師の教えに対する弟子の受け方について考察する。「悟浄歎異」の冒頭に言及された「結果論」によって提示されているように、悟浄が孫悟空、唐三蔵と猪八戒を観察しながら自らの変身を図ったが、悟浄の変身が失敗に決まっている。その原因は悟浄が悟空の天才的な部分だけに注目し、原典に描かれた悟空の多年の努力を無視したからであり、そのような注目点の偏差によって、悟浄は自己を正確に認識できない一方、悟空、三蔵と八戒という他者のことをも正しく判断できない。このような注目点の偏差は後の「弟子」にも影響を及ぼしているが、「弟子」において、子路は孔子に対して盲目的な先入観を持って孔門に入ったが、孔子の教えをすべて受け止めず、また孔子の教えに対して異議を出している。本書では、この二作における師弟関係の違いを分別し、作品の主題を考察する。また、「悟浄歎異」の三年にわたる創作や改稿、その創作に挟まれた作者の南洋行に注目し、作者の創作意図の変化を確認したい。

　最後に、以上の分析を通し、中島文学における〈三造もの〉、〈出世もの〉と〈師弟もの〉の主題の連続と変化および位置づけを明らかにしたい。

第一章　父の代と三造の青春時代

第一節　「プウルの傍で」論
―遺伝嫌悪と肉体関心

　「プウルの傍で」は、中島敦の〈三造もの〉の中の一篇である。三造は八年ぶりに京城（現在のソウル）の中学校に帰り、新しくできたプールの中で自分の中学時代の出来事を回想する。父と継母との関係、自分の青春期と、朝鮮少女と一緒に過ごした夜の「妖しい経験」と、上級生に殴られて泣いたというところで回想を終えた。

　本文の「八年ぶりに京城の地を踏んだ」と、年譜①にある一九三二年に大連に行った後に京城に立ち寄ったという事実と、中学校の同級生だった山崎良幸の証言②は、「プウルの傍で」の創作のきっかけが一九三二年の京城旅行であることを証明している。

　「これらの事実をとれば作品中の現在時はほぼ昭和七年のことになるが、それが同時に執筆時を示すものであれば、「三造もの」の最も早い一篇であったことになる」③ とあるように、「プウルの傍で」は中島敦の〈三造もの〉における三造の人物形象の形成初期にあたると言えよう。また、原稿④を確認したところ、最初に書かれた「彼」が全部削除され、「三造」に変えられた。この「彼」の抹消と「三造」の名づけは、中島敦が意識的に「三造」という人物を作る証拠である。ただし、一九三二年の京城の旅をふまえて書かれたのが明確ではあるが、その後にすぐに創

---

①　鷺只雄「中島敦年譜」（『中島敦全集　別巻』筑摩書房、二〇〇二年五月）
②　山崎良幸「中島敦を憶う」（田鍋幸信編『中島敦　光と影』新有堂、一九八九年三月）
③　鷺只雄「解題　プウルの傍で」（『中島敦全集　第二巻』筑摩書房、二〇〇一年十二月）
④　中島敦の草稿における推敲過程は中島敦文庫直筆資料画像データベース（神奈川文学振興会編）で確認でき、また、二〇〇一年全集にも反映されている。

作が始まった証拠が欠けているため、具体的な創作時間が確定できない。しかし、前述した証拠から見ると、三造の人物像の初期像ということが確定できると考えられる。本節では、「三造」の人物像の分析を通して、中島敦が作り上げた三造の初期像の特徴を探る一方、「プウルの傍で」の主題を追究する。

　作品には、家庭の内と外、よい体格への羨みと自分の身体への嫌悪、身体的な屈服と精神への蔑視などの対立が多く描かれている。また、注目すべき一点は、「美しい」と「醜い」という表現が中島の作品において最も早く、しかも多く言及されるというところである。本書は先行研究を踏まえながら、多層的な対立に置かれている三造の人物像を分析し、文中の表現の意味合いを解析し、初めての「三造」像の誕生の意義を追究する。

● 第一項　家庭の内と外

　作品は、「一昨日の」奉天と、八年前の修学旅行時に行った奉天との重なり合いから始まる。修学旅行で先輩たちに連れられて酒場に行った時に会ったロシア女は、三造にとって非常に魅力的な存在である。少年の三造にとって、ロシア女が異国的な魅力のある女性として彼を興奮させる。この冒頭は後の妖しい花街経験の伏線であり、三造の冒険を暗示する。

　それに対して、家庭では、継母と父に対する嫌悪感を抱いた三造は、自分の感情を抑制している。そして、「家族と言葉を交わさない」ことにした。家の黒猫を抱いて寝る時にだけ「肉身に対する軽蔑や憎悪を辛うじて忘れることが出来た」という。そのような「周囲の圧迫的な状況」の中では、三造は「家では堅く自分の殻の中に閉ぢこもつてゐた」。家庭内では、三造は孤立した立場に陥り、両親に理解されない子供になっている。両親や家族がいるにもかかわらず、寂しさを感じた三造はこのように、閉鎖された家庭空間の中で生きていくしかない。このような閉鎖的な家庭には、三造の感情の出口はほとんどなく、内攻的な—実は家族への嫌悪が自己嫌悪になるのもそうであるが—感情型になってしまうのであろう。作者の中島敦も三造と同じような経験をしていた。小さいころから母を知らない子供であって、祖父母の家で育てられた。しかも、三造と同じように、二人の継母を迎え、楽しい少年期を過ごしたとは言えない。中島は初めて三造という人物を作り出す際、無論自己の過去の経験を踏まえたうえで造型したと思われるが、作者の中の特別なつらい経験が三造の口を

通して綴られること自体は意味深い。つまり、三造の誕生は作者に自己を顧みるきっかけを与え、そのきっかけをもって、作者は自らの生命ルートを闡明することができる。ここから始まる〈三造もの〉を通して、中島の生命にとどまっていた様々が意義深い出来事（あるいはフィクション）に出会える。「プウルの傍で」では、まず三造の家族という空間が窺え、自己を生み出した環境についての態度が見られる。両親との不仲の中で、三造は内攻的になり、しかし、家庭内での自分を圧迫しようとすればするほど、家族へ反抗心が強まり、遺伝や両親の言うことに強く反抗するようになる。

　家庭内では、唯一三造を慰めてくれるのは黒猫のことである。黒猫が三造に好かれる理由の一つとして、両者の家庭における位置的類似が考えられよう。家族と言葉を交わさない、家族に愛されていない三造にとって、黒猫は唯一の仲間であり、三造が最も感情を注いだ対象でもある。それは猫と飼い主の三造との一方通行的な関係が結びやすいという原因もあろうが、その裏の真因は父母との相互交流的な関係が成立しにくいからであろう。家族の人々との疎遠と猫への接近は、三造の孤独を一層際立たせる。三造という人物が作り上げられたのは、まさに作者が味わった経験から同じ感覚を感じていたからだろうが、同じ経験をした作者にとって、どれほどつらかったかは作品を通して窺える。そして、家族や親戚に対する嫌悪はこの作品だけではなく、この後の作品にも見られる。つまり、作者は自分と深くつながっている血族に対して、乃至自分に対して受け入れていない部分があり、それがあるからこそ、〈三造もの〉という作品群が生まれたのではなかろうか。三造或は作者に受け入れられないことの中では、家族の容貌に対する三造の嫌悪感がその主な一つであろう。「この父の容貌が—殊に段のある鼻つきが、それから又その吃りぐせが、そつくりそのまま自分に遺伝してきてゐるのが、たまらなく不愉快であつた。彼は目の前に、自分の醜さを見せつけられてゐるやうに思つて堪へられなかつた」とあるように、三造は自分に似ている腹違いの妹の容貌や、自分に遺伝した父の容貌を嫌がっていた。家族との不仲のうえ、また容貌に対する嫌悪感を加えることで、三造という人物の境遇がさらに惨めなことになる。他者との交際における不仲は孤独をもたらすが、家族の容貌に対して、ましてそれを遺伝した自分に対して嫌悪感を持つに至っては、三造の内攻は外部との衝突のために生じたものだけではなく、自己嫌悪による内攻的な部

分も追加されることになるのであろう。

ただし、三造と親類との容貌の類似問題は容貌にとどまらず、三造の最も近い他者として、三造の自己観察の相手となっているため、家族嫌悪の跳ね返りで自己嫌悪が生まれるのである。このような親類嫌悪や自己嫌悪はこの後にも続くが、三造あるいは作者が納得できない、あるいは批判している部分は何だろうか。それを解くために、まず家族との関係という原因を見よう。実母のいない三造にとって、よりどころのない身でありながら、いい継母に出会えたら、それでいいが、好かない継母とそれを庇う父がいて、三造の憎しみが一層引き出されてしまうだろう。しかも、「親子という関係の前に」、「無視される」人格を考えると、家庭内では、三造は人格が尊重されない、居場所がほとんどない境遇にあり、最も親しい関係であるはずの他者に拒絶されているということになる。

年少のために他者に尊重されない、受け入れられない部分と自ら嫌悪している部分を持ちながら誕生した三造は人間関係において、孤立されている者であり、その孤独は三造が家庭以外に慰めを求めようとする主な原因であろう。三造が学校に行くと、同じ年齢層の少年集団の一人として、時には爆発的に乱暴な行為をする。家庭内には、対抗しかねる父や嫌な新しい母がいて、それに反抗できない分の乱暴な部分は他のルートに移行してしまうだろう。三造にとって学校は家庭の外部であり、三造が圧迫されてきたあらゆる感情の出口として存在しているのだろう。それゆえ、三造にとっての学校の意義はただの青春期の溢れる力を発散させる場所ではなく、家庭と対立している彼の外部世界であると言えよう。また、憂鬱な日常生活を打破するためだったら、三造の異常な乱暴な行為は理解できるだろう。日常レベルの行為は三造が遭遇した無視、父の憤り、青春期の煩悩などさまざまな問題を解決できないため、非日常のことでそれらをかきまわし、発散しようとしたのであろう。

このように、家庭の内と外は三造の煩悩と深くかかわり、人の生活に比重の最も多かった家庭では、三造の世界は閉鎖され、無視され、そして除外されるように読み取れる。そして、外部の学校では、異常な乱暴な行為をもって、鬱陶しい日常を打ち破ろうとしたのだろう。何を突破して大人になるための行動は誰にでも多少あるが、三造の場合、それはただ大人になろうとする証だけでなく、封鎖された青春時代に三造なりの最大限の反抗であり、その反抗から生み出した自意識と自己嫌悪、家族嫌悪から生ま

れた自意識の覚醒は「プウルの傍で」という作品における三造像の特徴だと言えよう。つまり、家族への嫌悪は、三造と家族の遺伝との分離を促し、家族一団の一員としてではなく、そこから脱出して自意識を独立させようとし、またその独立で父からの遺伝を批判し、自己を嫌悪することになっていたのであろう。

　もう一つ自意識の覚醒だと言える特徴といえば、それは「禁を破つた」という青春期の意識であり、また大人になるための通過儀礼の形式だとも言われるが、その内容は中島の他の作品にはなく、「プウルの傍で」の独特な背景となっている。

● 第二項　三造の花街冒険

　父の「毎晩帰りのおそい彼に対して、絶望的に悲しげな」表情を見たくないため、三造は友達と一緒に色街に行った。これは冒頭のロシア女性に魅力を感じるところの異国情緒とは違うが、青春時代の異性に対する好奇心が窺える。しかも、その冒険の始まりは、自分から探して行ったわけではなく、帰ったら父と新しい母にむきあわなければならないから、町に出たのである。つまり、その冒険は意図的に行ったのではなく、家庭から逃れるための偶然な行為であった。三造の日常を離れたこの非日常的な行動は三造の異性への好奇心から来ているのかもしれないが、家庭を離れている、少女との密閉的な空間が作られ、そこで三造の家庭とのかかわりは一時的に切断され、他の他者—朝鮮人少女と後に三造の冒険を聞いて彼を殴った上級生たち—と関係を結ぶことになる。

　三造の花街体験では、最初は仲間がついていたが、途中で逃げてしまった。女たちはその仲間の少年だけに下手な日本語で声をかけ、それは三造を不快させたのである。最後に三造も逃げようとしたが、色街を脱出したと思ったところに、あまり言葉が通じない朝鮮人少女が現れた。断ろうとしたが、最終的に少女と一緒に部屋に入ったことになった。しかし、三造が部屋に入ったのはどんなところなのかを見に行くためだけだった。しかも、少女に横になってもらった後、懐にある本を取り出して読み始めた。三造と少女とのシーンでは、三造が遊郭に行くという冒険行為と、少女が当然だと思っている買春行為の違いが確認できる。ボタンを返す時の誘惑と、「さよなら」と言われる時の「媚らしい」目つきは、少女からの誘いを表しているが、三造が「勝手にしろ」と「さよなら」を言い出すのは、

まだ少女の感情表現に馴染んでいないからであろう。

　また、作者の花街体験について、同級生だった山崎良幸の「夜、『付いて来るな』と言って自分は色街に行ったらしく、その模様をこと細かく教えてくれました」という証言のように、中島敦は一九三二年に京城に行った時に遊郭に行った。その経験を少年の三造の物語に虚構して、主なエピソードで登場させたのは何の意味があるだろう。家庭内では黒猫にしか愛されていない三造は修学旅行で会ったロシア女の異国的な魅力で興奮する時期から、異性への関心を示しているのである。また、生母のない生活、継母と腹違いの妹に対する嫌悪は、女性に愛される経験を欠かした。三造が朝鮮人用の遊郭に行ったのは彼の好奇心が掻き立てられているからであるが、三造の青春に好奇心を加えることによって、家庭内の葛藤や青春期の反抗心、そして爆発的な力の捌け口が設けられる。作者が一九三二年の経験を少年の三造像に生かす意味はそこにあるのであろう。そして、三造は少女と言葉が通じなくて、うまく交流できなかったときに怒って厳しい口調で少女に話したが、それがうまく理解できない女に対して、三造はあくまでやさしく接していた。その一つの原因は、女の表情と彼の黒猫の顔と似ているところがあるからである。家庭では三造に唯一好意を示した黒猫が三造にとって唯一の慰めだということも考えられるが、もう一つ注目すべき点は、黒猫と朝鮮人少女の位置であろう。

　三造が初めて色街に行って少女と一緒に部屋に入り、互いに言語不通で交流がうまく行かず、三造と少女とは言葉より表情や身振りで交流していた。三造が最初に言った冒険が「ただかういう所を見に来ただけなのだ」とあるように、三造は遊郭に好奇心を持ち、冒険に行ったのである。冒険の夜に、三造は少女に寝させながら「ポオルとヴィルヂニイ」を取り出して読み始める。「ポオルとヴィルヂニイ」はフランス作家ベルナルダン・ド・サン・ピエールが書いた孤島の悲恋物語であり、美しい自然の中でのポオルとヴィルヂニイとの純愛が描かれている。現代文明と離れる孤島に発生した物語のように、三造も家族がそばにいながらも孤独に生きている寂しさを感じていたのであろう。

　また、遊女と一夜を過ごしたが、三造の内心には愛が欠如していることが同時訴えられているのであろう。そして、黒猫に似ている少女の表情を見た時に、三造は黒猫に対する愛情を思い出したため、少女を同情するようになる。少女は黒猫と同じ位置にあり、つまり三造が主導している関係

において、少女も黒猫も服従する側である。虚構された少年三造の色街体験は、家庭で抑圧された状態に反する刺激的な事件となるが、自分から決められる一方通行な関係（黒猫や少女との関係）では、三造の愛の欠如問題が解決できない。すなわち、冒険が一時的に三造に刺激を感じさせるが、彼の問題を解決するのに役立たないと言えよう。

● 第三項　「美しい」と「醜い」

　多層の対立に置かれる三造の人物形象と同じく、作品の表現にも「美しい」と「醜い」のような相対的な表現が多い。例として、「十四五の露西亞の少年が見上げてゐた。彼の髪は美しい金色で半ズボンの下から見える脛がすなほに細かつた。それは何かしら男色を思はせる美しさであつた」、「競技のフォームの美しさ」、「彼は、その女の大阪辯を、また若く作つてゐるために、なほさら目立つ、その容貌の醜さを烈しく憎みはじめた」、「腹異ひの妹に対しては、彼自身に似た、彼女の醜い顔立の故に、之を憎んでゐた。最後に、彼は、彼自身をその醜い容貌を最も憎み嫌つた」などが挙げられる。

　ロシアの少年、同級の美しい肌の少年、美しい競技のフォームなどの美に対して、「醜い」と描かれているは三造自身、父、継母、妹である。その判断基準には、家族に愛されていない状態や、家族の「醜さ」に強く反撥しようとする態度が見られる一方、三造自身の身体的な劣勢と自己嫌悪が窺える。それはロシア人、同級生、三造がプールの傍で見た中学生などの「美しい」少年像と比べる時の自分の「生つ白い」身体を恥じるからであろう。そして、それは中学生の良い体格が羨ましいといった身体的な強さへの憧れや上級生に殴られる時の「肉体への屈服」にも見られる。

　また、三造にとって最初の魅力的な場所が先輩に連れられていった異国的な酒場だった。その酒場の描写には、濃い色彩の表現が多く使われ、異国風の雰囲気が妖艶に描かれている。ロシア人の女性の特徴の描写には、「黒い」、「太い」、「緑色」、「銀緑色」などの濃厚な色で表現されているが、それに対して、朝鮮人の花街の描写では、「白い光」、「紅だの、緑だの、黄色だの」などの、鮮やかだが、妖艶的な魅力に欠けている、「けばけばしい色」が描かれている。そして、朝鮮人の女性の顔が「辨別できない」、ただ光に映って見える下袴の色がその風景の中の一番目立つものであった。

しかし、家族に対しても、学校や花街で出会った人に対しても、三造の評価が「美しい」や「醜い」で行われるように、作品における他者への評価はいずれも外観や身体などに集中していて、内心に触れていないように考えられる。つまり、この時期の三造は家族から遺伝してきた弱い体や醜い顔に嫌悪感を持ち、体格のいい人に対してコンプレックスを持っているのである。作品の主な記述も三造の身体の劣勢などによる卑下感についてであった。これが意図的に作品に入れられるとしたら、精神を預かる身体についての論述がこの作品の重要なテーマだという中島の創作意識が窺えよう。

● 第四項　「肉体への屈服」と「精神への蔑視」

　三造の「妖しい経験」が上級生に知られ、上級生たちは三造を殴った。そこには、三造の身体的な弱さが自分の「致命的」なものだと自ら意識し、文末で書かれた中学生の良い体格が羨ましいとあるように、身体上の弱点を意識した三造は、体格に引け目を感じ、その劣勢が彼のプライドを傷つけたのである。

　少年から大人への成長時期における三造は自分の容貌、自分に似ている容貌を嫌悪し、また上級生や体格の良い中学生の身体的な優勢に憧れている。家庭内の愛の欠落がゆえに、三造は人間より、動物の黒猫に愛情を抱いている。また、このようなパターンが家庭外の外部世界では、上級生の優勢、周囲の青春的な騒動と、遊郭で出会った少女への憐憫とは同じであろう。そこで、父の容貌を遺伝することに対する抵抗、父との葛藤に生じた父への嫌悪感が三造の自己嫌悪を形成させる。

　そして、作品の主な内容となる三造の花街体験は、一九三二年に経歴した中島敦が虚構して「プウルの傍で」の内容に入れた。その虚構は三造の青春的な混乱において一種のスリルを覚えさせるのであろう。「妖しい経験」が三造の家族に愛されていないことや青春的な異性への関心を慰め、そして自分の青春を八年後に省みるきっかけを提供したとのであろう。

　「プウルの傍で」というテーマのように、三造が八年ぶりに京城へ戻り、自分の青春を回想する時に、プールの傍に現れる様々な人物は三造の対照になる。自分の体を恥ずかしく思わせる中学生の後輩、棒高跳の背の高い少年、黄色い汚れた朝鮮服を着た女の子と最後に登場した良い体格を持っている三人の中学生が「プウル」を中心に出現するのは、三造に身

体的な引け目を感じさせるほか、文中の青春期の異性への関心をも暗喩しているのであろう。それに、八年後にプールで過去を顧みるという行為は最後に彼を「新しく」感じさせる契機を与えた。つまり、プールをめぐる自分と他者との対照、今の自分と過去の自分に対する観察は、三造に青春期の苦悩、即ち成長に伴う家庭との関係、異性への関心、身体的な劣勢を見直させる過程だと考えられよう。

　「肉体への屈服」が作品の最後に綴られているが、肉体をめぐる描写が作品中の各人物に及んでいて、身体の強いグループと体格上に弱いグループに分けられている。弱いほうは三造自身、三造が可愛がっていた黒猫、三造が出会った朝鮮人の少女が挙げられるが、一方、仰ぐような姿勢で見なければならない父、三造より力強く、一方的に三造を殴った上級生たち、それにプールの傍に登場した体格の美しい少年たちなどには、絶対的な力を持っている。それに対して、三造が代表している弱い人々は嫌でありながらも、それに服従しなければならない。これは少年の三造が直面しなければならない「肉体への屈服」の問題であり、また少年の三造にとっての特有のテーマの一つだろう。そして、青春期の三造がロシア女性を魅力的だと感じていると書かれているが、異国情緒によって作られた距離感があるせいか、修学旅行を一緒に行った同級生の中に隠れている存在や語り手のように語っているところからも、なんとなく人の群れに隠れている決して力強い存在ではないように感じられる。それは三造と比べて劣勢に立っている朝鮮人の少女に直面しているときにも見られるのである。まとめていえば、「肉体への屈服」は作品の重要なテーマとして、体格上の劣勢から見られるのだけでなく、異性への関心の一節にも窺えよう。

　「肉体への屈服」と対になっているのは「精神への蔑視」という文句であった。作品中に描かれているのはみな身体の比較などの内容であり、精神についての内容がほとんど言及されていなかった。それに似たものとして、三造が回想した時の心情が挙げられるが、それが精神とは言えるかは疑問である。だから、ここで言う「精神」とはただ「肉体」の反対面だけであり、三造の肉体への強い執念から生じた反逆の概念ではないかと思われる。肉体と精神のような外部と内部との一見相違しているように見える対で書かれたこの二つの文句は、実は肉体への屈服を二重に強調しているようにも読み取れるだろう。これはまた上述した「肉体への屈服」というテーマを強化する効果があるのである。

● 第五項 「プウル」について

　プールというイメージが作品の主要な叙述の場として作品の前後を繋げている。プールという場所は人を内部の無意識な部分まで意識させる媒介となりうるし、また身体と精神を日常からはずれるものにすることができるものだろう。それに、苦しい時にプールへの進出はまたそこが現実の苦痛から逃れる場所であるためだろう。

　「プウルの傍で」では、三造がプールで泳ぎながら、八年前の中学時代のことを思い出す。しかし、ある種の混乱も三造の中に生まれたのである。それはプールに入ってからだった。——「三造の記憶の中、一昨日通つた奉天と、八年も前に、彼がこの中学校の生徒だつた時分、修学旅行に行つたときの奉天駅が混じり合つていた。」——つまり、プールに入るというのは同時に三造に八年前の奉天旅行でロシア女性から感じた異国情緒と八年後の現在で見たロシア人の少年を想起させる引き金になり、その後から八年前の回想が始まったわけである。また、プールで泳いだ感受は八年前のことに遡る時の感覚とは一致している。例えば、最初に回想を始めた時に、「突然、水が鼻から少しはひつた。鼻のしんが刺すやうに痛んだ」。ここからはすでにこの回想記の主調が暗示されているのであろう。そして、まさにその暗示のとおりに、修学旅行で見かけたロシア人の女性、生母を知らない自分、継母と父との不仲、黒猫への愛情、花街での冒険体験などの決して愉快な青春時代ではない回想記がその後文に綴られる。その回想の情緒に応じるように、「プウルの上を渡る風が、そろそろ寒くなつてきたやうである」などと、三造がその思い出から感じ取った感覚をプールでの感覚に変えられて表現されている。未完であるこの作品は現在の形の最後では、「第一彼等が今やつてゐる泳ぎの型——そのクロオルさへ彼等は」と書かれたため、プールという媒介は暫くストーリーの構成に役目の果たしていくだろうと思われる。つまり、プールという設定は中島の中で最初から造型され、物語の進行を引っ張っていく重要な空間設定である。この意識的な設定には、プールが回想にいい設定だという構想が含まれているのであろう。なぜなら、外部と完全に隔離でき、また自分の回想に集中することができるような環境といったら、プールは絶好な場所だからであろう。

　また、もう一つプールについて注意しなければならないのは、三造はプ

第一章　父の代と三造の青春時代

ールの中に身を隠そうとするところである。それは体育場の学生の良い体格と自分の痩せている体との比較にコンプレックスを感じるからである。プールに隠さないといけないほどコンプレックスを感じている三造は後に、花街冒険が上級生に知られた後に殴られ、また自分より体格のいい少年の身体を見た後、「肉体への屈服」と「精神への蔑視」を「新しく感じるのであつた」。また、体格上の優勢を持っているのは上級生だけでなく、三造の父もそうである。「突然、父が黙つて立上つた」、「彼の頭を三つ四つ殴つた」とあるように、体格の差からコンプレックスを感じる三造の父に殴られた時の視覚の角度もいつも下から父を見ていたのである。この身体な劣勢は上記の未完で終わった文の「クロオル」を想起させられる。つまり、最後まで三造がこだわっていることとして、運動場、プール、泳ぐことなどの身体関係のことが挙げられよう。これはまた若い頃から脆弱な体を持っていた作者との実体験とも関係があるが、弱い身体もその弱い身体で他者と対抗しかねるコンプレックスと負けた時の悔しさもまた自己認識を喚起して、それを生成させるルートであり、そして、父の容貌などの遺伝を併せて考えてみれば、三造の自己嫌悪も納得できよう。この時期の三造像は外見、体格などの外的なものにこだわるようで、内的な「精神」に対してはまだ蔑視する態度を見せている。精神への観察はその次の〈三造もの〉―「斗南先生」では見られる。

　要するに、プールという物語の環境設定を以て、三造という人物が成り立ってくるのである。密封した空間や下位にある位置にあるプールの設定から、三造の回想の絶好な空間がプールだということや、他者の中の三造の位置づけがわかってくるだろう。また、すこし誇張した論証をすれば、プールという空間はまた子宮のような空間であり、そこでは三造が生命の原点に戻ることができ、自己とは何か、どこから来たか、どんなことを経験して現在の自分になってきたかを真剣に思考することができるような場所ではないかと読み取れるだろう。そこで、三造という人物のアイデンティティーが初めて現れ、以降三造の意識する対象となっていくのであろう。また、プールは少年の自己を顧みる鏡のようなものであろう。その鏡を通して、三造は鏡像の自己を回想し、過去の情緒が鏡のようなプールの反射で八年後の現在に屈折してくるだろう。

● 第六項　「プウルの傍で」の構造

　花街冒険の時に、三造が読んでいた「ポオルとヴィルヂニイ」の物語の構造から見ると、「私」の存在は物語の展開における重要な役であり、そして物語の構造を豊かにする役目を果たしていると言える。それを念頭にしたためか、「プウルの傍で」でも多層的な物語が構築されるという作者の創作意識も窺えよう。また、「プウルの傍で」というタイトルのように、作者の中島敦はあくまでプールの傍に立って、プールにいる八年後の「現在」の三造とプールで想起された青春時代の三造を傍観していたのである。そして、プールにいる三造と回想された時点の三造の二重構造を加えて、この作品の構文には三つの層が試行されているのである。そのような同心円構造は作品の細部まで応用されている。例えば、花街冒険で上級生に殴られた時の挫折感と、八年後の「現在」にプールで見かけた「良い体格をしてゐた」三人の中学生の「鮮やかな泳ぎぶり」から感じ取った「肉体への屈服」とは同質な心境であった。

　三つの層になっているこの作品の構造には、八年前の三造に対する回想記や、八年後に回想している「現在」の三造、そしてプールの傍に立つ作者という三つの人物の層がなされている。作品の効果からみれば、過去の思い出やその時の心情が「回想」、「プール」、「プールの傍」の三つの層によって、波紋のように過去から現在まで響いてくるように伝わってくる。その結果、三造の心情も拡大され、徐々に読者に波紋で拡がり伝わってくるだろう。それに、層と層の間には、山や谷などで起こる音の反響のように、三造の心情が各層に当たってははね返ってくるような効果もあるのであろう。例えば、八年前に上級生に殴られた時に感じた体格上のコンプレックスは八年後の現在のプールの傍で見た体格の良い学生たちを見た時に感じた卑下感は同質なものであり、八年間の時間の間に往復し、作者が表そうとしているテーマをさらに強化していく役目を果たしている。

　上記に分析したように、プールはこの作品において重要な叙説の場であり、また構文における重要な役割を果たす道具や空間でもある。「プウルの傍で」はプールによって、まず時間を二つの現場に分けられる。八年前の中学時代と現在の回想時がプールでの感受性を境に、読者にはっきり見分けさせることができよう。それに、プールという密封な空間、外と隔たっている空間においては、三造が回想の真空状態になるような構造が築か

れることにもなるだろう。すなわち、回想に関する時間と空間の密閉性がプールを通じて実現され、その密閉性のため、三造は現在から過去に戻ることができ、過去を振り返るのに絶好の条件を得たのだろう。それゆえか、読者が回想を読むときに、その真実性はリアル感のある少年の回想をもって、読者につくづくと訴えているのだろう。

　初めての〈三造もの〉としての「プウルの傍」は、作者の最初の三造造型の試みであり、そしてその後の作品にも、三造は違う意味と意義を背負って作品に登場してくる。上記に列挙したように、三造の原形である作者の幼時の苦い体験やそこから感受された感情のアマルガムが三造という中島敦専用の人物造型に定着されていて、〈三造もの〉がこうして生まれる契機を迎えたのである。つまり、この作品で初めて自分の分身である三造という人物形象を作り出したのは作者なりの感情的な探索要望があるからであり、彼自身のアイデンティティーにかかわるものであって、また、三造を代弁者にするという中島敦前期作品における固有形式が獲得されたきっかけとなったのだろう。

第二節　「斗南先生」論
―旧精神の見直しと感情の新発見

　「斗南先生」は、一九四二年七月に単行本『光と風と夢』に初めて収録された。作品は本文と付記の二部分に分けられている。本文部分の一次稿は一九三二年①から一九三三年九月十六日②にかけて書かれたと思われる。筑摩書房刊行の全集（二〇〇一年十月）の解題によると、「その後も、推敲・改稿が行われたと思われる」。証拠として、「著者の横浜高等女学校勤務時代の教え子・鈴木美江子氏（昭和十六年卒業）が昭和十四、五年頃に筆写した」原稿に、「著者が手を加えたもの」③がある。付記部分は十年後の一九四二年に加筆されたものである。本文の部分では、高校

---

　①　本文に「伯父は一昨年（昭和五年）の夏死んだ。」の一文と、付記に「右の一文は、昭和七年の頃、別に創作のつもりではなく、一つの私記として書かれたものである。」の一文による。
　②　「昭和八年九月十六日夜十二時半」が原稿の本文部分の最後に付けられた日時である。筑摩書房（二〇〇一年十月）より刊行された全集（第一巻）では「脱稿の日時」とされている。本書もそれに従った。
　③　川村湊「解題　斗南先生」（『中島敦全集　第一巻』筑摩書房、二〇〇一年十月）

時代から大学時代を経て、執筆時の〈現在〉に至るまでの、斗南伯父に対する三造の見方が書かれていた。十年後に書かれた付記では、三造が斗南伯父の著書の価値を見直した。その十年間には、伯父に対する三造の認識が変わった一方、三造の自己認識の方法にも変化が見える。

　先行研究において、勝又浩はこの作品を「形而上的な私」を描く「自己検証の作業」[①] だと論じた。佐々木充は中島敦の一高時代の作風を踏まえ、「主人公の自己発見の劇」[②] という主題を指摘した。そして、木村一信は三造が「他者とのかかわり」の中で「自分を把握しようとする」特徴を指摘し、「『己とは』の主題を最も早く作品に盛りこもうとした」、「中島文学の出発点と収束点」であると、この作品を位置づけ、付記の重要性を論じた[③]。そのほか、孫樹林は「『斗南先生』は、中島敦の創作生涯と平行して」、「『優れた精神の型の博物館的標本』の復活、再生」と指摘した[④]。一方では、氷上英廣は中島敦の教養と人間形成との関係において、「鬱勃とした人間形成への思念」[⑤] が作品に織り込まれたと述べた。同じく教養について、中村光夫と濱川勝彦は、中島家の「血」の遺伝と中島敦の苦悩との関係を分析したが、両論の相違点は、中村光夫が「血の弱さ」[⑥] を意識して苦悩している中島像を強調したのに対して、濱川勝彦が遺伝による「己への凝視」[⑦] に論点を置いた。そのほか、渡辺一夫は「新しい日本」[⑧] における中島敦文学の先駆性を論及した。

　以上の先行研究は、〈己れ〉と向き合う主題、中島敦の教養と創作との関係、漢学家系の影響と、時代との関係との四つの方面から論じた。その中に、自己の「発見」、「検証」などの「己」をめぐる主題が多く指摘さ

---

① 勝又浩「解題」（『中島敦全集　1』ちくま文庫、一九九三年一月）
② 佐々木充「『斗南先生』―原型の発見―」（『中島敦の文学』桜楓社、一九七三年六月）
③ 木村一信「『斗南先生』―成立とその意義―」（『中島敦論』双文社出版、一九八六年二月）
④ 孫樹林「中島敦『斗南先生』論―東洋精神の博物館的標本―」（「国文学攷」一八一号、二〇〇四年三月）
⑤ 氷上英廣「中島敦―人と作品」（鷲只雄編『中島敦〈叢書　現代作家の世界5〉』文泉堂出版、一九七七年四月）
⑥ 中村光夫「中島敦論」（鷲只雄編『中島敦〈叢書　現代作家の世界5〉』文泉堂出版、一九七七年四月）
⑦ 濱川勝彦「『虎狩』まで」（『中島敦の作品研究』明治書院、一九七六年九月）
⑧ 渡辺一夫「中島敦のこと」（鷲只雄編『中島敦〈叢書　現代作家の世界5〉』文泉堂出版、一九七七年四月）

れてきた。本節は、三造の「自己」をめぐる主題を踏まえ、「斗南先生」における三造と斗南との関係に注目する。斗南と類似した気質を持っているため、三造の自己批判と斗南批判が混淆した。その混淆による二人の同一化から、三造の認識変化による同一化の解体までの過程の解明は、二人の関係性及び三造の自己認識の方法を究明するには重要である。そこで、本節は、二人の同一化と解体の契機、その関係性の変化に見える三造の認識の変化と、他者を借りて自己を認識するという方法と、東洋と西洋という枠組みにおいて三造がどのように自己を捉えるのかを考察し、三造の「自己」の構造を明らかすることを目標とする。

● 第一項　斗南批判

　作品の第一章では、まず羅振玉の序の中の「打門ノ聲甚ダ急」、「清癯鶴ノ如シ」のような、斗南の「風貌を彷彿させる」描写と「他人に在つては気障や滑稽に見える」斗南の遺言が挙げられ、「狷介にして善く罵り、人をゆるすことを知らなかつた伯父の姿」が描かれている。高校時代の三造は斗南の「時代離れのした厳格さが、甚だ気障な厭味なものに見えた」が、作品の〈現在〉に至って、三造はそれらの言行を生前の伯父と重ねてみると、むしろ「極めて似付かはしくさへ見える」ようになった。そこで、三造は伯父との「どうにもならない溝」に気づきはじめた。それは、「彼と伯父との間には丁度半世紀の年齢の隔たりがあつた」という「溝」である。つまり、高校時代の三造の評価基準は、自分が生きている時代や環境の中に五十年も隔たった伯父のことを評価することである。この「溝」の発見は、違う時代に生きていた斗南のことを再評価する契機でもある。

　続いて、斗南の「落着のない性行」ともう一人の「お髯の伯父」の「物静かさ」が対照的に描かれた。そこで、伯父と似ていると、多くの親戚に言われた三造は、「いやな思ひ」をしていた。ここから三造と斗南との関係性の一端が窺える。つまり、高校時代の三造にとって、伯父は類似している自分を見せる存在である。また、伯父は「儒学的な俊才」であったが、「一生、何らのまとまつた仕事もせず、志を得ないで、世を罵り人を罵りながら死んで行つた」。このような伯父の学問と、「志を得ない」不遇の一生との対照を見た三造は、伯父と似ている気質を持っているため、三造は伯父のようにならないように、伯父のことを抗拒していた。し

かし、かつて非難・批判されてきた斗南像には、五十年の時間の隔たりによる「不充分」な理解と、「自己に類似した精神の型」を持っている伯父に対する三造の不当な認識が混じっている。

　第一章の最後にまとめられた斗南の精神の型は、作品の〈現在〉にいる三造の見方であり、それは、「昔風の漢学者気質と、狂熱的な国士気質との混淆した精神—東洋からも次第にその影を消して行かうとする斯ういう型の、彼の知る限りでは其の最も純粋な最後の人達の一人なのであ」る。即ち、斗南の学問の価値と、「国事を憂へて」中国に渡った価値が〈現在〉に再評価されるとともに、斗南の「精神の型」の貴重さが認識されるのである。しかし、西洋思想に多く影響された近代日本には、斗南が代表している古い時代精神が次第に姿を消していったのである。

● 第二項　斗南批判の底流にある感情

　第二章から第五章までは三造と斗南が一緒に過ごした時間の回想部分である。高校を卒業する年の三造は、「伯父を前にすると、自分の老いた時の姿を目の前にみせつけられるやうな気がして、伯父の仕草の一つ一つに嫌悪を感」じ、伯父と会うのを避けようとした。この時期の三造は、「自己に類似した精神の型に対する彼自身の反射的反撥」を、斗南に対する見方へ押し付けた。斗南が三造の観察・批判対象になり、三造と斗南との同一化はこの時点でなされた。斗南は三造の自己観察の対象の代替品として、三造自身と同一視されるようになる。このような二人の同一化がゆえに、第四章の三造が伯父の病床の前でも「客観的」に伯父を考察しようとした行動は理解できよう。つまり、伯父を観察することは同時に自己を分析することになり、自己認識の内的要求の厳しさによって、病中の伯父に対する考察の冷酷さが決められる。

　その冷酷な斗南考察に至るまでの第二章から第三章まではいくつかの伯父のエピソードである。相州の大山に入る前に斗南が三造に五十銭を渡して傘を買わせたが、当時の傘の値段は二百銭ぐらいがする。また、「円タク」が「一円に決まつてゐる」と思い込み、一円二銭を払った斗南に三造は驚いた。そのほか、銭湯に行った伯父は「女湯とあるのを読み、そこには男湯はないものと思つて、帰つてきた話」、三造の妹が四歳に死んだときに伯父が漢詩を詠んだことなどが描かれた。これらの逸話は後文の、三造がまとめて記した伯父の「行動の動機は悉く感情から出発してゐる。

第一章　父の代と三造の青春時代

甚だ理性的でない」「没利害的な純粋」のような性質を裏付けるのである。

　それらの挿話の中に、三造と斗南との同一化に始めて亀裂ができたと思われることがあった。それは、三造を「妙におびやかした」伯父の漢詩の一句「不免蛇身」である。それまでの三造は、伯父を「自分の老いた時の」自分と見做し、自己嫌悪を伯父嫌悪と混淆してきたが、「不免蛇身」の一句に、三造は伯父のようになりたくないような伯父嫌悪を感じるのではなく、もっと深い意味での「蛇身」という文字の身体性に脅かされるのである。この「蛇身」の意味について、佐々木充は「異類への変身という、それだけで不安で不気味でおぞましい意識」① と解読し、木村一信は「存在の深部にまで立入って戦慄させる不気味さ」② と解釈した。また、後文の「此の世界で冗談に云つたことも別の世界では決して冗談ではなくなるのだ」という一文から考えると、木村一信は「不免蛇身」を「存在」という領域において解釈をした。その一方、今迄論じられてきた三造の「自己」をめぐる主題を考えれば、伯父の漢詩の「世界で冗談に云つたこと」が三造の自己認識という「別の世界では決して冗談ではなくなる」と解釈しても良いだろう。伯父の詩では自嘲風に詠まれた「蛇身」という言葉は、三造の自己認識という領域では具現化され、彼を脅かしたのである。つまり、「悪詩悪筆　自欺欺人　億千万劫　不免蛇身」を三造の自己認識に適用してみると、三造が自分の「乏しさ」に気づいたため、自己嫌悪から自己分析へ、さらに自己嫌悪へといった「億千万劫」の中に自己認識の悪循環を続けることを指しているのであろう。そうなると、ここには、三造と斗南との同一化の解体を予示しているとも言えよう。しかし、容易に分離できない三造と斗南との関係は伯父の死の直前まで続いていた。

　高校時代の三造の斗南に対する見方には、伯父を自分と同一視して批判していたように見える一方、同一視の軌跡からはずれて伯父に対する感情も窺える。円タクの料金が一円だと思い込んだ伯父に対して、三造は「微笑ひながら伯父の動作を眺めてゐた」。また、伯父が療養のために相

---

①　佐々木充「『斗南先生』—原型の発見—」（『中島敦の文学』桜楓社、一九七三年六月）
②　木村一信「『斗南先生』—成立とその意義—」（『中島敦論』双文社出版、一九八六年二月）

州の大山から大阪に行ったときに、伯父が「紙幣を指の間にはさんだまま」で三造の従妹の家に入り、「三造は苦笑しながら、又しても四円なにがしのタクシイ代を払つた」などの、三造に「どうにも仕方がな」いと思わせるエピソードがいくつかあり、それらの日常生活の中では、斗南が同一化された観察対象とされるのではなく、「伯父」という血のつながりを持っている人との日常的な付き合いの中で自然に起こった感情が描かれたのである。そこには、木村一信が指摘した「作品に定着された斗南像は日常の次元からのみとらえられているあまりに矮小化されすぎているようである」① という側面もあれば、その一方、伯父と一緒に過ごした日常的な時間に、二人の感情が自然に流露していたという面もあるのではないだろうか。すなわち、第二章から第三章までの伯父に関するエピソードは、伯父を批判の眼で見ていた三造の裏に、伯父に対する感情が常に潜んでいることを裏付けるのである。また、この感情ゆえに、三造と斗南との同一化の基礎が常に不安定である。即ち、この段階の三造と斗南との同一化には、「不免蛇身」という自己認識の悪循環をはじめ、三造の認識変化による亀裂が現れた一方、伯父に対する感情も常にその同一化の底流にあり、二人の解体の基礎を整えている。

● 第三項　伯父の死

　その後、伯父の死が近づいてきたにつれて、三造の「ひねくれた」批判がとうとう最高峰に到達した。「感情的になりやすい周囲の中にあつて、どれほど自分は客観的な物の見方が出来るか、を試すため」の「後から考へると汗顔のほかは無い・未熟な精神的擬態」が行われた。その結果、「伯父と彼自身との精神的類似に関する」「考察のやうなものになつて行つた」。

　考察の内容は斗南の意志、感情についてである。まとめてみれば、伯父が幼時から「訓練されてきた」学問的な理解力を持っているため、新しい時代や精神への理解を示そうとしたが、儒教倫理にこだわったため、その努力が結局徒労になり、新しい時代に「置き去りにされ」るしかない。また、実生活にはすぐれた学問的理解が全然見られなく、強烈な感情から

---

　　①　木村一信「『斗南先生』─成立とその意義─」(『中島敦論』双文社出版、一九八六年二月)

第一章　父の代と三造の青春時代

行動をする。

　しかし、第四章の三造の観察の中に注目すべきところがほかに二か所ある。それは、伯父の精神の型を考察した最中に、文中に括弧に括られた二か所の、三造が気づいたことである。

　一つは、「絶えず自分につきまとつてゐる気持―自分自身の中にある所のものを憎み、自身の中に無いものを希求してゐる彼の気持―が、伯父に対する彼の見方に非常に影響してゐることに気が付き始めた」ということである。斗南の気質を分析しながら、斗南と自分が同一視されたことに、三造はようやく気がついた。そして、自分に対する認識と、伯父に対する見方がここから分けられるようになった。「不免蛇身」の次に出現したこの亀裂とは、三造が「自分自身の中に、何かしら『乏しさ』のあることを自ら感じてゐた」が、斗南の「没理性的な感情の強烈さ」のため、「その言動の一つ一つの中に見出される禿鷹のやうな『鋭い乏しさ』に出会つて、烈しく反撥するのであらう」ということである。即ち、三造自身の「乏しさ」が類似した斗南に照らし出されたときに、斗南の感情の強烈さがその「乏しさ」をさらに際立たせるのである。それゆえ、「豊かさを求める三造」は自己の不足より、まず斗南の身に現れた、目に付く「鋭い乏しさ」に目を向けるようになるのである。ここから三造と斗南との同一化の解体が本格的に始まったと言ってもよかろう。

　そして、二人の同一化が崩れるもう一つの証拠は次の括弧の中の内容である。伯父の精神を「東洋が未だ近代の侵害を受ける以前の、或る一つのすぐれた精神の型の博物館的標本である」とメモに書いた三造は、時代精神と個人の生き方において、斗南との相違点に気づくわけである。三造は、「伯父の一つの道への盲信を憐れむ（或いは羨む）」ことが、実際に「自らの左顧右眄的な生き方を表白する」のではないかと、時代における自分の生き方を認識したのである。

　このように、三造と斗南との関係性が徐々に変化してきたが、二人の同一化を完全に解体させるのは伯父の死とともに強烈になってきた三造の感情であろう。

　伯父の性質を考察した後に、三造は「伯父から享けたもの」を考え続けた。その中に「最も共通した気質」が「二人ともに、小動物、殊に猫を愛好する」ことが気づかれた。この時の三造は、自己認識のために伯父を対象として観察するのではなく、伯父を血のつながりを持っている人

として視するようになった。伯父が死んだ猫を葬った三造を見ていた構図には、斗南と三造とは独立した二人として描かれた。このような斗南と三造との相対位置と猫を愛好する共通点によって、三造の愛情が呼び戻される一方、伯父が三造に対する愛情も紙上に溢れてきたと言ってよい。このような感情はその直後の伯父の死に直面する三造の反応にも検証できる。伯父の棺の前に、三造が「放浪の中に一生を送つた伯父の、その生涯の寂しさと心細さ」を感じ、涙を流した。

　伯父が亡くなった二年後の〈現在〉に、三造は「当時の伯父に対する自分のひねくれた気持ち」を自覚し、その中の「余りに子供つぽい性急な自己反省」と「自分が最も嫌がつてゐた筈の乏しさ」を反省した。伯父の死に至るまでの時間には、伯父の身を借りて自己認識をしようとした三造の像が浮かんでくると、同時に、伯父の死に近づけば近づくほど覚醒してきた伯父に対する三造の愛情が呼び起された。「性急」に自己を認識・批判しようとした三造の意志が、伯父に対する愛情を抑制し、また、その抑制の反動として、伯父に対する愛情の覚醒と、伯父に対する正しい認識が行われてきた。

　このような「客観的」な考察に対し、木村一信は「他者の存在とのかかわり、『関係性』の中で自己を明らかにし、自分を把握しようとする」① 三造の特徴を指摘した。確かに三造の「客観的」に対象を観察・考察するという自己認識の方法は、自分に似ている他人を自分と見做し、自己反省を他人に対する厳しい批判とするのである。そして、感情の発見によって、三造と斗南との同一化が解体でき、三造が本当の自分を取り戻した。要するに、三造の最大の問題は、偏屈な自己認識を伯父の人生を分析することに偽装することであり、そしてねじれた理性を以て、伯父を考察しようとしたことである。伯父が死んだときに、三造の自己認識の対象から、伯父がようやく離脱できた。

● 第四項　斗南の価値の再認識

　なぜ、斗南の死の直前に三造の「客観的」な観察が行われるように設定されたのか。作者はおそらく、三造が伯父の「激しい」「苦痛」を見、

---

　　① 木村一信「『斗南先生』―成立とその意義―」(『中島敦論』双文社出版、一九八六年二月)

第一章　父の代と三造の青春時代

　また伯父と別れのあいさつをしたときに感じた「不思議な感動」と、「其の反動として」「伯父の死に就いて飽く迄冷静な観察をもち続けようとの心構」との両極端を際立たせることを通して、三造批判を徹底的にしようとしたのであろう。即ち、伯父の病苦・死の直前という三造の感情が最も呼び起こしやすい時期に設定したのは、作者が意図的に三造を批判しようとするためである。そして、そのような考察を行おうとした三造の心理描写は、原稿（鈴木美江子の清書原稿）での「ある残酷な気持」が作者によって「ある妙な考へ」と改訂されていた。原稿の「残酷な気持」から、三造の伯父考察に対する作者の批判的な態度が読み取れる。さらに、「全く後から考へると汗顔のほかは無い・未熟な精神的擬態」という表現にも同じく三造の「冷静な観察」に対する作者の批判が窺える。
　また、原稿との比較の中に、斗南の精神についての表現の違いも見られる。原稿では、「それは現代精神の直接の母胎たる自由主義以前の、ある一つのすぐれた精神の型の博物館的標本であつた」と書かれたが、後の改稿では、「それは、東洋が未だ近代の侵害を受ける以前の、或る一つのすぐれた精神の型の博物館的標本である」と書き直された。この異同を比べる時に注意しなければならないことは、原稿の「現代精神の自由主義」が改稿では「東洋が未だ近代の侵害を受ける」に書き換えられた部分である。この書き換えについて、孫樹林は「『近代』的な『享楽主義』を離れ『未だ近代の侵害を受け』ていない東洋精神への中島敦の首肯とその所以がうかがえる」①と論じた。なお、「近代」という〈加害者〉に対し、作者も批判的な眼で見ているとも言えよう。
　そこで、三造は斗南の精神と「近代」を批判しながら、自分も同じく「新しい時代精神の予感だけはもちながら、結局、古い時代思潮から一歩も出られない滑稽な存在」であると告白した。五十年の隔たりは、第一章では、伯父の言行を理解できない「どうにもならない溝」であったが、ここでは、同じく新しい時代精神の世界に踏み出すことができない斗南と三造に共感させる契機となった。では、作品に書かれた「精神の型」「新しい時代精神」「古い時代思潮」とは具体的にどんなものを指しているのであろう。

---

　①　孫樹林「中島敦『斗南先生』論—東洋精神の博物館的標本—」（「国文学攷」一八一号、二〇〇四年三月）

● 第五項　斗南や三造とその時代

　同時代（一九三二年〜一九三三年）の状況を中島敦の蔵書①にあった『東洋古代史』② で確認すると、「希臘・羅馬・波斯・亜刺比亜等西方の諸文化を吸収し、（中略）我が国独自の文化を創造するに、重大な影響を与へるのであるが」、「羅典・独逸・スラーブ等諸民族の」文化を含んで、「各種各様の世界諸文明の輻輳集合の地となり、恰も世界文化の一大倉庫なるが如き実情を呈するに至つた」という状況が見られる。つまり、「斗南先生」を執筆した中島敦は、このような世界の各種文化が日本に混合された状況を見ていたのである。これは中島敦の同時期の『独逸古典劇集』③『仏蘭西古典劇集』④ 等のいろんな外国文化と文学に関する蔵書にも確認できる。

　また、一九三四年に出版された『東洋精神の復活』⑤ では、「西欧文明精神」に影響された日本の「半世紀間の汗水垂らした模倣追随の結果は、未曽有の経済的恐慌となつて、われわれの生活を根柢から震撼させて来」、「それの派生物として、所謂思想国難、政治国難等々簇出し、人々は明日へゆくべき今日の道を見失つてしまつた」という時代状況が指摘されたうえ、「その最も根本的な精神は自然に随従するといふ精神である。これは全く、今日の、自然を征服することをもつて文明精神とするところの西欧文明の文明精神と全く背馳する」という東西の文明精神の相違点が分析され、「自然に随順するといふ場合に於ては、外界としての自然といふ意味ばかりでなく、内界としての人間性それ自体の自然といふものへの随順が深く問題となつてゐる」⑥ と述べられた。

　このような精神についての記述は三造の二人の伯父の眼についての描写を想起させる。二人の伯父は「共に童貞にだけしか見られない浄らかさを持つて、いつも美しく澄んでゐる目」を持つていて、「一つは、いつも実現されない夢を見てゐる人間の眼で、それからもう一つは、すつかりお

---

　①　中島敦の蔵書目録は日本文学研究資料刊行会編『梶井基次郎・中島敦』（有精堂出版、一九七八年二月）に掲載された田鍋幸信「中島敦蔵書目録」を参考した。
　②　橋本増吉『東洋古代史』平凡社、一九三三年十月
　③　「中島敦の蔵書目録」『梶井基次郎・中島敦』（有精堂出版、一九七八年二月）
　④　「中島敦の蔵書目録」『梶井基次郎・中島敦』（有精堂出版、一九七八年二月）
　⑤　伊福吉部隆『東洋精神の復活』第一出版協会、一九三四年七月
　⑥　伊福吉部隆『東洋精神の復活』第一出版協会、一九三四年七月

第一章　父の代と三造の青春時代

ちつき切つて自然の一部になつてしまつたやうな人間の眼である」。つまり、斗南や「お髯の伯父」が代表していたのは「自然の一部たる人間の生活」① に順じて行動することである。但し、斗南の場合では、強烈な感情と理想主義、浪漫主義などの要素と、学問的理解力と生活の能力とのギャップが目立ったのである。

　第二章から第三章までのエピソードの中に見られる斗南と都市生活との不釣り合いは逆に、三造「よりも半世紀前に生れた伯父自身にとつては、極めて自然であり、純粋なもの」とされていた。このような違う時代精神に対し、第一章では「伯父が、自分の魂の底から、少しも己を欺くことなしに、それを正しいと信じてそのような言行をしてゐるとは、到底彼には信じられなかつた」という三造の懐疑が見られるが、三造も斗南も「新しい時代に置き去りにされ」、それぞれ違う時代精神の影響を受けた跡を見せてくれたのである。

　しかし、三造の場合では、「新しい時代精神の予感」と「古い時代思潮から一歩も出られない」という矛盾は、原稿の「現代精神の直接の母胎たる自由主義」と、まだ完全に近代化されていない三造自身との関係に類似しているであろう。斗南が代表していた東洋的な「自然の一部たる人間の生活」が分析的・実験的な三造の認識方法によって考察され、「斗南先生」の第一章から第六章までの「客観的」な観察いわゆる西欧的な・分析的な自己認識法であったが、付記で示されたように、そのような観察・分析の中で、三造は「己れの心の在り処」を見失ってしまったのである。そして、血のつながりを持っている斗南に対する感情がゆえに覚醒した三造の自己認識の変化はまさに、中島敦が認めようとしたところであり、また自己認識の方法に関する一検討だったのであろう。

　総じていえば、二人は性質の類似性のために同一化されたが、三造が斗南に対する認識・批判が深まっていく中に、伯父との関連性から逸脱し、まず、「不免蛇身」という文字の身体性に脅かされ、斗南に対する自嘲の句とは違う、もっと深い意味での不快を感じたことから二人の解体の兆しが見られる。そして、三造が斗南の病床の前で、斗南の強烈な感情を批判し、二つの極端―「執拗醜悪な面貌」と「子供のやうな純粋な『没利害性』」という斗南精神をまとめた。斗南の感情の強烈さが三造の内的

---

　①　伊福吉部隆『東洋精神の復活』第一出版協会、一九三四年七月

031

「乏しさ」をさらに「鋭い」ものに深刻化させたため、斗南の身に反映された「鋭い」「乏しさ」が三造の批判対象になったのである。そのうえ、時代と個人の生き方において、二人には同質であると、三造が伯父の時代精神を分析しながら気づいた。最後に、斗南の死とともに襲ってきた伯父に対する感情が最終的に三造と斗南との解体を促した。

　以上の三造と斗南との関係の変化から、三造の人物像の特徴が見えてくる。つまり、第二章から第三章までのエピソードに描かれた斗南批判の最も強烈な高校時代にも、同時にそれらのエピソードから斗南に対する三造の感情が読み取れる。三造の斗南批判の底流には常に斗南に対する感情が存在していた。しかし、二人の関係性の変化につれて、その感情が潜在なものから顕在になってきた。もう一つの特徴は三造の自己認識における分析という方法である。例として、「不免蛇身」という一句は斗南にとっては自嘲する時に詠んだ心情の一句であったが、三造はその一句に意味をつけようとし、文字の身体性に脅かされたということが挙げられる。そのほか、斗南に対する「客観的」な分析が感情を払おうとしながら行われたことからも窺える。すなわち、この作品に描かれた三造とは、理性（ねじれた理性であるが）と感情、東洋的な自己（分析・分解される自己ではなく、統一体としての自己を持って、自然に生きていた斗南）と分析的な自己との混合体である。三造はねじれた理性を以て分析をしようとしたが、理性の底にある感情が常に存在している。自己を分析する方法を用いたが、その分析が方法にとどまり、三造の自己認識には、分析の方法で分析しきれない部分があり、それが「古い時代思潮から一歩も出られない」東洋的な自己である。

　「斗南先生」は中島敦の青春時代の回想記として、中島の高校時代から大学時代までの自己認識の覚醒と変容を現わした作品である。中島敦の手帳（年代不明）の中に、「も少し詳しくいふと、更にそれから半年ばかり以前。その頃から私の生活の変化が〔次第に〕おこりはぢめた。それは私が、高等学校を卒へて、大学にはいつた年の春→夏にかけてはぢまつた。」という一節がある。一九三〇年の三月に中島敦の妹睦子が亡くなり、六月に斗南伯父が亡くなった。血縁のある二人の死去は中島敦が手帳に記した「春→夏にかけて」の時間とは合致している。このような近親が世を去ったことはおそらく、近親に対する見方と、斗南が代表している古い時代精神への思考を促し、「斗南先生」に着手させる契機を与えたの

第一章　父の代と三造の青春時代

であろう。「斗南先生」の一次稿が書き上げられた翌年の一九三四年に中島敦は「中央公論」の公募に「虎狩」を応募した。つまり、「斗南先生」は中島敦の近親に対する嫌悪、伯父に対する不当な認識などを含む過去に対する総決算であり、その後、作家としての本格的な活動が始められたと位置づけてよかろう。

第二章　三造の死生徘徊

第一節　「北方行」論―死生哲学の受容

　「北方行」は中島敦没後の一九四八年五月に「表現」第二号春季号（角川書店）に発表された未完の長編小説である。第四章の末尾に「三五・八・十九」という日付から一九三五年がまだ「北方行」創作途中であることがわかるが、二〇〇一年全集の解題で明らかにされたように、「大学在学中からのものと推定される『ノート第一』」に書かれた「北方行」の下書きと、一九三三年の手帳に伝吉の手記が書かれことと、一九三六年六月書簡の「小説を書いてゐる」、「北方行」に基づいて書かれた短篇「狼疾記」原稿末尾に「昭十一・十一・十」が「昭十二」→「昭十一」に二回直されて最終的に抹消されたことから見ると、「北方行」が一九三三年から一九三六年①まで書き続けられた可能性が大きい。

　現存の部分は五章あり、第一章では「人間的真実」を追求するために日本から天津へ渡航していた黒木三造が描かれ、第二章では、中国に嫁いだ三造の従姉・白夫人の国籍混乱や娘・英美の言語混乱が書かれている。第三章では折毛伝吉が登場し、稲妻の中で上海で過ごした時間を思い出す。第四章では、宴会に参加する三造と伝吉が白夫人の紹介で知り合うことや、当時の中国情勢に対する青年たちの討論などが書かれ、第五章では伝吉と三造との対談が行われる。

　先行研究において、濱川勝彦は作品の主題について「三造の存在論的不安の、実践的脱皮を意図した」②と指摘している。奥野政元は「特定の

---

　①　勝又浩「解題　北方行」（『中島敦全集　第二巻』筑摩書房、二〇〇一年十二月）を参考して整理した。「昭十二」（一九三七年）までの執筆も考えられる。
　②　濱川勝彦「『北方行』と『過去帳』と」（「国語国文」三十九巻九号、一九七〇年九月）

第二章　三造の死生徘徊

場に置かれた自己が、如何にその場を受容するかの問題」①を提示し、川村湊は「三造を、そうした人々の渦の中に投げ込み、そこからいかに彼が『現実』の世界や、事実や事物をどのように掴んでくるのかを、文学的な実験として試みようとした」②という観点を述べている。本書では、先行研究における自己と現実という角度を踏まえたうえで、三造と伝吉の思想の源を探ろうとする。

　年譜③によると、一九三五年に中島敦が「同僚数名とパスカル『パンセ』の講読会をもつ」記録が残っている。それに、一九三七年の中島敦の手帳には、二月二〇日に「Pascal Pensée 到着、勉強セネバナラヌ」、九月二日に「Pascal；'Epictetus et Montaigne' 頗る明快。」、九月十日に「戦争ハ何時迄続クカ、／パスカルヲ想起ス、／ピレネーの南の徳は、ピレネーの北の罪、云々—」、九月一七日に「'Pascal' Huxley 読了」と、一九三八年八月九日の手帳に「パスカル訳了」という記録が残っている。また、「北方行」の草稿が綴られた作者の「ノート　第一」にも「A・Huxley」が書かれた。これらの記録から、パスカルとハックスレイに対する中島の深い関心が窺える。

　パスカルとハックスレイの受容について、橋本忠広は中島敦の中学時代からの英文学に対する興味、大学時代に聴講した英文学の講義などの中島敦の英文学に対する関心を提示し、また、一九三七年中島が購入したパスカルの『パンセ』がハックスレイの「パスカル」を翻訳するためのものである④と指摘している。その継続として、橋本は中島敦の「北方行」とハックスレイの『対位法』との関係を論証し、「中島は『対位法』を下敷きにして「北方行」を執筆した」⑤と結論をまとめている。本田孔明は「北方行」を「〈神〉を拒否しつつ絶対を求める伝吉に、抽象的思考による現実からの乖離を『生命礼賛者としての人間』という立場で克服しようとする三造を対決させる試み」と解読し、また「それが中島固有の問

----

　①　奥野政元「『北方行』の一側面」（『中島敦論考』桜楓社、一九八五年四月）
　②　川村湊「北方彷徨」（『狼疾正伝　中島敦の文学と生涯』河出書房新社、二〇〇九年六月）
　③　鷺只雄「中島敦年譜」（『中島敦全集　別巻』筑摩書房、二〇〇二年五月）
　④　橋本忠広「中島敦における英文学受容―澤村寅二郎の存在とハックスレイ『対位法』―」（「日本文学」四十五号、一九九六年八月）
　⑤　橋本忠広「中島敦とハックスレイ―『北方行』と『対位法』について―」（「昭和文学研究」三十四号、一九九七年二月）

題意識ではないこと」を「『パスカル』という先行テクスト」を見て明かになったこと①を提示している。本書では、一九三八年に中島敦に訳了されたハックスレイの「パスカル」ともっと早く中島敦が読んだパスカルの『パンセ』という二作における観点の差異と、それぞれが「北方行」の創作に与えた影響について分析する。特に『パンセ』をハックスレイの「パスカル」に批判される対象として読むのではなく、パスカルの哲学の本質と前提を考察する必要がある。また、「北方行」以前の〈三造もの〉における中島の固有の問題とパスカル、ハックスレイの哲学との関係性をも見る必要がある。本節では、『パンセ』と「ハックスレイ」の二作と「北方行」の主人公・三造と伝吉の人物形象との関係を考察し、〈三造もの〉における「北方行」の特徴をまとめ、その後の〈三造もの〉に対する影響を明らかにしたい。

● 第一項　伝吉と『パンセ』

　伝吉の恐怖と不安は小学校の教師から聞いた人類絶滅説から来ている。「人類が無くなつたあとの無意義な真暗な無限の時の流れを想像して、その恐ろしさに堪へられ」ない伝吉は生きる希望を失ってしまった。その状態で、伝吉は「上海から北京への全くあてのなかつた漂泊」を続けた。伝吉に不安と恐怖を感じさせる人類絶滅説の源を探るために、中島敦が「北方行」を創作した時期に読んだ『パンセ』における宇宙観を見る必要がある。

　『パンセ』において、宇宙の二つの極限が挙げられている。

　　宇宙を照らすための永遠の灯火のように置かれているあの輝かしい光に目を注ぎ、この天体の描く広大な軌道にくらべては、この地球も一点のように見え、さらにこの広大な軌道それ自体といえども、天空をめぐるもろもろの天体がとりまいている軌道にくらべては、ごく微細な一尖端にすぎないということに驚くがいい。人間にいま一つの驚くべき不可思議を見せるために、人間は自分の知っているもののなかで、最も微小なものをさがしてくる

---

①　本田孔明「断章の誘惑—中島敦『北方行』の位相—」（「立教大学日本文学」七十五号、一九九六年一月）

第二章　三造の死生徘徊

がいい。①

　最も広大な宇宙と最も微細なものを認識しきれない人間はこのような無限大と無限小の間を彷徨い、自分自身を失ってしまうとパスカルは言っている。『パンセ』における理論もこの基調から展開されている。そのうえ、「万物は虚無から発し、無限へむかって運ばれていく。このような驚くべき運行を、だれがたどって行けるであろうか？　これらの驚異を創造した者は、それを知っている。その他の者はだれも知らない」という虚無と無限との二つの深淵が提示されている。

　そして、『パンセ』における人間に対する認識も上記のような「虚無」と「無限」に基づき、もし母親が殺されると今の私がいないのを例にして、「私は必然的存在ではない」、また、「私は永遠でも、無限でもない」ことを示している。しかし、その一方で、「自然のうちに、永遠にして無限なる必然的存在がある、ということを私は知っている」という神の存在を認めている。神以外の人は「天使でもなければ禽獣でもない」、常に「中間」にいる。そして、パスカルは人間の自愛という悪習慣を批判し、自愛がすべての秩序を乱す源だと言っている。

　上記のパスカルの理論に対し、「北方行」における伝吉が「人類や地球に対する不信」を抱き、「今ある如く、あらねばならぬ理由（必然性）が何処にあるか」を探ろうとし、「世界はまあ何といふ偶然的な仮象の集まりなのだ」と感嘆するのはパスカルの理論から影響を受けたと言えるのだろうが、しかし、パスカルが主張している神への帰依は伝吉に受け止められない。それが「北方行」における中島の独自性だと考えられる。

　　世のすべてはこれ悉く神の設けた穽、神の嗜虐性を満足させる所の巧妙極るからくりではないか。恐怖におののきながら何の術もなく、あはれな人間共はそのわなに頸をしめられ、きずつけられ、次の穽の豫想におびえつつ、神の満足の微笑に見まもられながら、闇黒の墓穴へと送られて行く。（中略）此の、神の我儘な嗜虐性の恐ろしさの前には、無にひとしい個人の憤激も、それに

---

　①　野田又夫訳『パンセ』（『筑摩世界文学大系　デカルト・パスカル』筑摩書房、一九七一年九月）以下の『パンセ』引用もこれによる。

よつて生じさせられた狂気も暴行も自棄も何の意味もない。

　人の原罪が神の設けた罠だと考えている伝吉は「神の嗜虐性」——人間が「無にひとしい」ため、神に反逆することができないまま、神という大きな存在の前に屈服するしかない——と訴える。伝吉が言っている神とは、まさに上述した広大な宇宙のような、人間がどうしても認識しきれない、予想できない存在であり、その前にいる人間はとても力弱くて小さいものである。『パンセ』において、パスカルは人間の不安定な位置を指摘したうえで、神に帰依することを解決策として提示しているが、伝吉にとって神が意地悪な存在であるため、伝吉は神に帰依しようとしないだろう。それは伝吉がすべてのことに対して「無感動」になる原因でもあろう。

> 　極く幼い頃から、彼は「あらゆる事を知り悉したい」欲望と、「出来る限り多くの事物が自分の理解の彼方にあればいい」といふ、(中略) 前者は誰にでもある、「自分を神にしたい欲望」だつたが、後者は、「此の世界を、絶対的信頼に値する確固たるものと信じたい」といふ、その逆の、つまり、此の宇宙の不確かさ、あはれさ、に対する彼の恐怖から生れた強い希求であつた。

　人類絶滅説を信じる伝吉は、「此の宇宙の不確かさ」と自己の不安定な位置をよく知っている。「自分を神にしたい」という願望が実現できないため、「絶対的信頼に値する確固たるもの」を探すという唯一の道が残っているが、その「確固たるもの」が容易に見つからない。
　伝吉は「中流家庭の善良な、但し母親を知らぬ少年。中学校の秀才。人生観上の幼稚な疑惑。継母。出奔。同文書院の怠け学生。漁色。退校。伯父との争ひ。又しても生活のための功利的な漁色。上海から北京への全くあてのなかつた漂泊」を経て、「更に現在、その白夫人（中国に嫁いだ三造の従妹、伝吉の情婦・筆者注）と、又、その娘の麗美との交渉を顧みても何等の羞恥の念も起らない程の」「モオラルなんぞ所有してゐなかつた」人であり、「彼にはもっと切迫した希求」——上記の二つの願望——に「追い詰められ」ている。それは「小さな者の恐怖から生れた棄鉢的に強い」希求である。
　伝吉は日本領事館の役員と酒を飲んで下宿に帰る途中で、北京の暗い街

第二章　三造の死生徘徊

に倒れていた。このシーンにおける伝吉の意識錯乱について、草稿には作者の推敲が見られる。最初に「七八年前の東京」と書かれたが、それが削除され、「一年」前の「上海」だと書き換えられている。つまり、酒に酔い、北京を東京だと思い込んだことが、一年前の「上海」を思い出すことに変更された。そして、「東京」が書かれた節には、「死ぬ時期が近づいたので故郷を思出す」の一句も削除された。つまり、最初の作家の発想は伝吉がもうすぐ死ぬため、故郷の東京を思い出すという設定であった。そして、伝吉の死について、すべてのものに「無感動」の伝吉が自ら命を断つ可能性が大きかっただろう。なぜ「上海」に変えたかについて、その後の稲妻の中での伝吉の妄想から原因が窺える。

　一回目の稲妻の中で、伝吉は上海で同棲した美代子と彼女の連れ子・清のことを思い出した。伝吉は美代子という「弱い者いじめをする」「快感」を味わっていたが、子供の清に対して「自分でも不思議に思つた」「愛情」を持っていた。それは「子供の純粋」を愛する感情であり、清「だけは彼を寂然とした孤独の世界から救つてくれる唯一つのものであるかのやうに見えた」。ここで注意すべきことは二点ある。

　一つは清に対する伝吉の愛情である。削除された伝吉の死のかわりに、子供の清の死が描かれるようになった。清には伝吉に愛されるべきものを二つ持っていると考えられる。一つは「子供」であること、もう一つは「純粋」さであろう。子供の清はまだ伝吉のように人類絶滅説に脅かされる「小さな者」ではなく、新生児として無限な可能性と希望を代表している。つまり、伝吉はいつも絶滅などの死の世界から出発して物事を考えるのに対し、子供の清は無限な希望を抱いている生を意味している。もう一つは「人類や地球に対する不信」を持っている伝吉とは違い、清は宇宙観、人生観などの外界の概念に汚染されていない「純粋」さを持っている。その「純粋」さのため、清は伝吉のような「無感動」の生活とは正反対に、安んじて自己の居場所にいられるのである。それゆえ、清が死んだときに、伝吉が号泣したのであろう。

　もう一つ注目すべき点は伝吉が自分より弱い美代子をいじめて「快感」を感じたことである。人類絶滅説で恐怖と不安を感じていた伝吉は宇宙或いは運命の前では「小さな者」であるが、美代子みたいな自分よりさらに弱い存在に遭遇すると、まるで「神の嗜虐性」に憑かれたように美代子をいじめていた。そして、二回目の稲妻の中で、伝吉は「大地震や大

039

噴火や大海嘯がおこつて、みんな目茶々々になつて了へ。（中略）自分の知つている人間はみんな惨らしい死方をするがいい」、「白夫人を殺すやうになるかも知れんぞ」などの「凶暴な」ことを想像し、それによって、「行為への熱情を自分の生活に注ぎこまう」としていた。つまり、「無感動」の日々に生きていくために、伝吉には強い刺激が必要であろう。それで、弱いものをいじめたり、殺そうとしたりしたのであろう。しかし、伝吉の「惨虐な想像」は身近な弱い女性を対象にしただけで、大きな時代の前では「冒険的熱情」を持たずに、逆に三造に鄭州に行くことを勧めたのである。つまり、伝吉は人類絶滅説という死の理論を以て自己の人生観を築いた。その人生観に築かれた「小さな者」の閉鎖的な空間の中で伝吉の熱情を呼び起こそうとしたいのならば、同じく身近の弱い人をいじめ、自分が絶対的な強者になるふりをしなければならない。そうでないと、「無にひとしい」個人として、伝吉は生きていけなくなり、結局は予言された死の世界へと向かっていくしかないのであろう。

　二回の稲妻の中での伝吉の妄想はいずれも自分が感じた絶望と恐怖から生じたものであり、そして、伝吉の死という削除された内容のかわりに書かれた清の死と美代子をいじめた「快感」は、伝吉の死と同質なものであろう。なぜなら、無限な可能性と生の希望を持っている清が死に、美代子をいじめた後に二人が分かれ、白夫人を殺そうとしたが、結局妄想にとどまったことは、伝吉が自分の生への熱情のために色々思索、努力したように見えるが、結果はすべてが死によって終結されているからである。つまり、伝吉の世界は絶滅のような死の世界へと向かっているが、その自分を救うために、清を愛したり、自分より弱いものをいじめたりした。しかし、結局生への熱情を呼び起こすことができなくなり、死の世界へと向かうしかなくなるのである。伝吉はこのように、死から死へという無限な悪循環に陥った。そして、それは伝吉が作品の時代背景とあまり関係しない原因でもあろう。

● 第二項　三造と「パスカル」

　中島敦は一九三八年に「パスカル」を訳了した。ハックスレイはパスカルの理論を反対し、「生命礼賛者」としての生き方を提示してくれた。まず、彼はパスカルの宇宙観を批判している。

第二章　三造の死生徘徊

　分類上、我々は、全実在を、物質と、精神と、それから最後に、慈悲・神寵・超自然・神（或ひは、パスカルの段階の第三のものに、諸君の与へようとする、他のどんな名称でも結構だが）とに分けることが出来る。が、我々は之等の、便宜上の抽象物に現実性を付与しないやうに注意せねばならぬ。（中略）「現実」とは何であるか？「通常」とは？「常識」とは？　又、「思惟の法則」とか、「知り得べきものの限界」とかは、何であるか？　要するに其等は、多少とも、久しい以前に建てられた慣習に過ぎないのだ。（中略）無限小と無限大に就いての瞑想、又、肉体と精神との間の無限の距離や、更に限りも無く無限な・精神と「神の愛」との距離に就いての、彼の凡ての思索は、死によつて吹込まれたものであり、彼の「死の意識」の論理化であつた。①

　パスカルの宇宙観と人間観に対し、ハックスレイはそれが「便宜上の抽象物」であり、「現実性を付与しないやうに注意せねばならぬ」と強調している。また人間の目の前の現実は「久しい以前に建てられた慣習に過ぎない」とその本質を突き詰め、パスカルの死から出発している理論を批判している。パスカルの理論は無限と虚無を前提として成立するのであり、人間が世界を認識しきる能力を持っていないということを前提としている。しかし、パスカルが主張している「死の神」に対し、ハックスレイはそれが「生の神」だと言っている。つまり、ハックスレイは、神が人間を「励まし助けんとして手を伸べ給ふ」神であり、「『凍結せる単一』の神ではなくて、雑駁なる多様を包含する神」という「生の神」であると主張している。

　「凡てが不変であり　何物も落つることなき地よ！」この言葉はパスカルのものではあるが、之は、古来の・殆ど普遍的といつていい・一つの憧憬―迷ひ苦しめる人類の・すべての神、善、すべての真と美、あらゆる正義、天啓、唯一者、道義、を生み出した・あの憧憬を表してゐる。といふのは、絶対者なるものが、余

---

　①　中島敦訳「パスカル」（『中島敦全集　第二巻』筑摩書房、二〇〇一年十二月）以下の「パスカル」引用はすべてこれによる。

> りにも人間的なものから生れてゐるからである。疲労と困疲、惨めさと無常感、確固たるものへの希求、道徳的正当化への欲求、之等のものから絶対者は生れたのだ。

　神について、ハックスレイは「疲労と困疲、惨めさと無常感、確固たる己への希求、道徳的正当化への欲求、之等のものから」生まれたと提示し、神々が人間の作った人工的な概念であり、「近代主義（モダニズム）と呼ばれ」ている「昔の神々を抽象的実在と置換へることが」進歩だとは言えないことを指摘している。

> 　生きてゐる人間は、多様以外の何ものでもない。併し、人間の矜持といふもののために、―組織と固定とを愛する知的悪風や、生命に対する恐怖・嫌悪のために、大多数の人間は、この事実をそのまま受入れようとしない。(中略) パスカルは、人間が、終始一貫して基督教徒たることによつて、自らを人間性以上に昂める―或ひは、それ以下に低くする―べきことを求めた。彼は、人々が其の複雑多岐な本質を否定することを望み、彼等が自らの上に一つの統一を―彼（パスカル）の統一を置かんことを求めたのである。

　人間に対し、ハックスレイは人間の「多様」性を認め、人間を人間以上か人間以下に統一すべきだと主張しているパスカルを批判している。しかし、「知的悪風」や「生命に対する恐怖・嫌悪」のため、自らの多様性を認めようとしない人間の短所が同時に指摘されている。それは「北方行」における三造の問題と同質なものだと言えよう。

> 　此の半年程の間、彼は彼が今迄何年かかかつて自分の中に造り上げ、書き上げた様々の芸術家達の肖像を、あるひは打毀し、あるひは壁から取外すことに努めてゐた。何かはげしいもの、強いもの、凶暴なもの、嵐のやうなものに、彼はぐつとぶつつかつて行きたいのである。さうすることによつて、自分の身にくつついて、自分を不具者にしてゐる殻を叩きつぶしたいのである。

「今迄生きて行く真似ばかりしてゐ」て「直接に生きたことはない」三造が面している問題は如何に現在を生きるかということである。三造は以前の習慣で養われた「生活の惰性」を捨て、今迄触れてきた芸術家達の影響をも捨てようと、「自分の魂の地質時代の埋没物をほり出」そうとしている。しかし、彼はいろんな難関に臨んでいる。それは「自己分析の過剰。行為への怯懦」、「人間認識の限界」、「人間の自由意志の否定」などの個人能力の微小さや、自分の生活の中に欠けている「生に対する感激」である。

しかし、ハックスレイの理論とは違うところは三造の難題の一つとして、「物に動じない事を以て修養の要諦とした東洋的教育の残滓」と「繁瑣な形式的な自己教育の結果」によって、感情が反覆しているということである。それは三造と英国人のトムソンについての東洋・西洋の対比描写からも窺える。もう一つの三造の独特な特徴として、三造が日本から天津に渡る船で「感じたやうな亢奮も焦燥も」北京で暮らしてから「樹木の中に埋れた古都の雰囲気に包まれ」、「いつの間にかどこか気持の底の方に沈殿して了ひ、それに代つて快い懶さが浮上つてくる」というような北京の雰囲気に癒された三造像が挙げられる。しかも、それは西洋ではなく、北京の雰囲気に慰められたのである。

● 第三項　三造と伝吉

「北方行」の第一章では三造が描かれ、伝吉が第三章になってはじめて登場する。そして現存の最終章では、三造が伝吉に「『生への熱情』を吹込んでやりたい」と思い、伝吉が三造に鄭州へ行くことを勧める。つまり、「北方行」では、先に三造の生の問題が提示され、その後に伝吉の死の循環が書かれている。しかし、伝吉が人類絶滅の「科学の根柢を、更に」人間の「悟性乃至知性まで疑」わずにそのままで受け取るため、死から死へとの循環が続いていく。それは文中の最後に三造が批判しているように、伝吉が人類絶滅説を一度も疑ったことがないからである。

まとめてみると、伝吉の人物像には『パンセ』における宇宙観と人間観の影響が見られる。宇宙も人間も「不確か」な存在だ言っているパスカルの言説は伝吉の小学校のときに聞いた人類絶滅説として援用され、伝吉の根本的な生の基礎を押しつぶす。しかし、パスカルの言説の以外に、中島の独自性と言える部分は伝吉の「小さな者」としての自覚である。

つまり、宇宙と人間の「不確かさ」という基礎のうえに、中島は強者と弱者との対比構図を加えている。それは「神の嗜虐性」の前の無力の人間、より強い伝吉と彼にいじめられた美代子のような構図を指している。

そして、伝吉が生のために探しているのは「絶対的信頼に値する確固たるもの」である。つまり絶対的な、大きな存在が伝吉に求められている。しかし、探している中に、文学も享楽もそのような存在になれないため、伝吉がだんだん絶望してすべてのものに対して「無感動」になったが、弱い美代子をいじめて、自分が「小さな者」から「大きな」強い存在になれたような勘違いで生きていこうとした。但し、それは一時的な救済であり、いつか破綻になる。それで、伝吉は上海から北京へと漂泊して「無感動」の日々を送りつづける。また、パスカルの無限の死の言説に対し、中島は伝吉の死を通して死を具現化しようとしていた。そして、伝吉の死、清の死、白夫人に対する殺意のような死の描写だけでなく、死を描く中に、生の可能性を見出そうとしているのである。子供の純粋さを持っている清に対する伝吉の愛情がその一例であるが、最後には清の死によって生の無限な可能性が否定され、伝吉の生への希求は失敗に終わった。それに対し、パスカルの理論を批判しているハックスレイが提起した「生命礼賛者」という生き方が三造の人物形象の中に織り込まれ、死を代表している伝吉と対比的に、三造が現実と握手して生活への熱情を取り戻そうしている生の形象として造形された。

● 第四項　伝吉の行方

三造は伝吉の勧めで鄭州に行くことになるが、伝吉の結末が言及されずに小説が未完のままで終わっている。そして、時代情勢が多く書かれた文中において、伝吉はただ傍で見ていたのである。

> 電車通りへ出ると、路の両側に、垣根のやうに群集が立並んでゐる。長身の権が背伸して人垣の上から覗かうとしたとき、前の群集の一角が崩れて後退した。灰色の軍服を着た少年のやうな兵卒が一番前の老人を棍棒で叩きのめしてゐる。老人は泣号んで倒れた。群集が騒ぎ出した。七八人の兵士がバラバラと駆けて来て人々の前に銃剣を擬した。人々はガヤガヤいひながら逃出した。そのざわめきの中に方々から「閻錫山、閻錫山」といふ声が聞

えた。
　「閻錫山が北平に来るんだよ。今夜。」と権がふりかへて伝吉に言つた。
　「さうらしいね。その警戒なんだな。」
　「とにかくこれぢや当分通れないぜ、通らうとするとあの通り擲られちまふ。」
　「公使館区域でも抜けて行くより仕方がないな。向ふへ出た所で又止められるかも知れないが。」

このシーンは第四章において白夫人が設けた三造の歓迎会を出た伝吉と朝鮮青年・権が並んで街に出て遭遇した閻錫山を北京に迎えるための非常警戒を描いた。

　突然群集の中から白衣にハンティングを着けた男が躍り出したかと思ふと、矢庭にピストルを持つた手を伸ばして前の車をめがけて引金を引いた。（中略）一瞬間、群集は呆然として、此の事件を眺めた。が、次の瞬間に、警官達は本能的に此の暴漢のまはりに馳せつけた。（中略）彼の腕を捕へて居た趙教英はとてもその眼付きに堪へられなかつた。その犯人の眼は明らかにものを言つて居るのだ。教英は日頃感じて居る、あの圧迫感が二十倍の重みで、自分を押しつけるのを感じた。

これは一九二九年に発表された中島敦の習作時代の作品「巡査の居る風景——一九二三年の一つのスケッチ——」において、主人公の趙が朝鮮人の暴漢を捕まえ、戦争を経験している朝鮮民族から感じた圧迫感が強まったシーンである。「北方行」における伝吉と情勢との関係と比べてみると、早年の中島の作品における人物と時代背景と緊密につながり、背景の中に動いた人物が描かれたが、「北方行」に至っては、伝吉も権も傍で見ていただけで、それが道を通る障碍のために遠回りしようとするほどの無関心と言ってもよい態度を持っていた。つまり、背景に動く人物の設定から、背景と距離を置く人物の設定まで、作家の時勢に対する参加度が減り、時勢に対してむしろ傍観する立場を取っている。
　北京という背景について、橋本正志は「登場人物たちの言語の問題を

媒介にして、その過酷な動乱の時代を生き抜く人間たちの〈抵抗〉として自己存在のあり方を際立たせるための場所として表象された」① と指摘しているが、主人公の伝吉にかぎって言うと、その背景が「空しく廻るばかりであ」② り、伝吉の問題を解決させる外的な条件が設けられていないのであろう。それに対して、三造の生の問題にはまだ解決策がありそうに見え、それは文末に示された鄭州に行くことである。

「北方行」が未完のままで終わった原因について、菅野昭正は「肥大しすぎた作者の『私』は客観性を弱める違和物となり、それを内側から崩す自壊の要素として作用する」③ という内的原因を指摘し、渡辺ルリは「物語上でも深く関わりあう北平の人物を日本で執筆することは困難を極めた」④ という外的原因を推察しているが、伝吉と他人との距離、現実との距離を測ってみると、伝吉の未来がむしろ死に向かうしかないように見える。なぜなら、「小さな者」として、宇宙の広大さや絶対的な死の運命に面する伝吉はその概念的な死のために命を絶つ可能性が大きいからである。もし伝吉に救い道があるとすれば、それは「形而上学的」な死を人間的な死のレベルの問題に引き下ろし、自らの死に具現してそれに面するしかないのであろう。つまり、「北方行」における背景と人物との関係が薄い伝吉の発展が断たれ、三造にはまだ鄭州に行く可能性が残っていることから見ると、「北方行」の未完の原因が伝吉の未来が書けなくなることにあると考えられる。

また、パスカルとハックスレイの理論が中島に受け止められ、作品の人物像に賦与されたのは、作家の実体験とは密接な関係があると考えられる。パスカルの理論の底にある死に対する恐怖はまさに中島の一九二八年（十九歳）からの喘息の発作とつながっている。そして、「北方行」創作中の一九三四年に「命を危ぶまれる程の喘息の発作がある」⑤ という記録

---

① 橋本正志「中島敦『北方行』の方法―登場人物の言語認識を視座として―」（「阪神近代文学研究」六号、二〇〇五年三月）
② 佐々木充「『北方行』と『過去帳』二篇―懐疑と模索―」（『中島敦の文学』桜楓社、一九七三年六月）
③ 菅野昭正「忘れられた胎児―中島敦『北方行』」（『中島敦研究』筑摩書房、一九七八年十二月）
④ 渡辺ルリ「1930年北平における不安と模索―中島敦『北方行』論―」（「叙説」三十八号、二〇一一年三月）
⑤ 郡司勝義「年譜」（『中島敦全集 第三巻』筑摩書房、一九七六年九月）

から中島敦の病弱、また、伝吉のように執拗に死の理論に拘る理由が窺えるのであろう。そして、伝吉の人類絶滅に対する恐怖は作家自身の病弱だけではなく、「小さな者」である劣等感にも通底しているのであろう。このような身体乃至精神に対する劣等感はさらに早く書かれた「プウルの傍で」には叙述されている。また、三造の生についての探求において、今迄触れてきた知性が彼の自由を奪うものだとされているが、そこで、中島敦固有の問題とパスカル、ハックスレイの理論が相まって、新たな三造像が作られた。

第二節　「狼疾記」論―生き方の選択

● 第一項　統合された伝吉と三造

　同じ「三造」を主人公とする作品「狼疾記」では、「北方行」における伝吉の内容が多く引用されている。特に、小学校の時に聞いた人類絶滅説とそのために常に感じた恐怖と不安などの感情もそのまま「狼疾記」に運ばれてくる。「北方行」の三造と伝吉と「狼疾記」の三造の問題点を整理すると、「北方行」における伝吉の必然性の理由を探す癖、小学校の教師から聞いた人類絶滅説、「北方行」の三造が瘤の男を見て考えた「人間の自由意志の働き得る範囲の狭さ（或ひは無さ）」といった内容が「狼疾記」の三造に受け継がれ、「狼疾記」の三造の主な問題点となる。その一方で、新しい問題も提出されている。それは、三造の生活の底流の「小さな響きがパスカル風な伴奏」と、三造が自己の「形而上学的」な「不安が他のあらゆる問題に先行するといふ事実」を意識したことと、二章から描かれた三造の不安と現実生活との関係という問題である。

　冒頭では、「北方行」第三篇におけるスクリーンを見ていた伝吉の部分は三造の内容になっていた。「狼疾記」では三造は伝吉の問題を引き受け、考え続けようとしたのである。しかし、「北方行」の大きな背景や物語構成とは違って、「狼疾記」の三造は時代背景の前書きなしに単刀直入に冒頭で存在の必然性について疑問を出し、それを検討していたのである。その疑問はスクリーンで見た「原始的な蛮人の生活」という異世界と自分の世界を見比べる際に生じた自分の存在の不確かさについての疑問であった。世界中にいる無数の可能性の中に、三造は自分がその中の一つ

の可能性の結果に過ぎず、そう考えると、蛮人として生まれる可能性もあり得ると考えるようになる。しかし、どんな人に生まれようと、三造は人間は何があっても生まれてくるという必然性を始終否定していない。ただ、必然性はたくさんの偶然からなり、それが三造の中では確実でありながらも、どの偶然に当たるかは不確かなので、自分の存在に対して不安を抱いているだろう。また、字を例にして、失った必然性を論じようとしたが、字という必然的な存在に対してではなく、分解された字の一部にだけ注目して、その字の正しさが分からなくなるということに対する叙述となっていた。そして、それが段落の最後には、「何から何迄偶然だといふことが結局唯一の必然なのではないか」という結論に至ったのである。つまり、三造は浮動している各可能性いわゆる偶然に悩まされながらも、人間の誕生、字の存在などのような根本的な必然性を否定していない。ただ、最後に結論を下すことができるとしても、三造は揺れる各可能性の間を彷徨い、不安を感じている。

そして、必然と偶然の一節には、もう一ヵ所が注目すべきことは蛮人と三造の世界の違いである。原始的な蛮人生活であれば、「すべてを知らないで一生を終へることも出来た筈」なのに対して、三造の世界であれば、「唯物論も維摩居士も無上命法も、乃至は人類の歴史も、太陽系の構造も」皆知っている人になる。生きていく本能だけに忠実し、知識なんか一生知らない蛮人とは違い、三造は知的には豊富でありながらも、その「悪風」にも影響される苦悩の知識人のように読み取れ、知性ということが三造にとって必ずしも肯定的ではないことが明らかであろう。雲泥の差のあるこの二つの世界が冒頭に提示されるのは、知的疲労がたまっている三造がその疲労から脱出しようとする意図を表すのであろう。同時に、原始的な蛮人生活は偶然性を帯びているが、それが三造のもう一つの可能性、つまり三造の知的疲労からの脱出先になりうると言えよう。そうみれば、偶然性の充ちている世界に悩まされる三造には、蛮人のようになって、知的疲労から逃れようとするという願望が潜んでいる可能性はないとは言えないだろう。

しかし、同時に三造は、自分の知性に自負を抱いているようである。偶然性に恐怖を覚えつつ、「今の人間とは違つた・更に高い存在」「に生れて来ることも可能だつたのではないか」と幻想し、「自分が違つた存在であつたら考へることが出来たであらうことを、自分が今の存在であるばか

りに考へることも出来ぬ」と「漠とした不安の中にありながら、なほ当時の三造は、一種の屈辱に似たものを覚えるのであつた」。この文は「北方行」では「かう考へてくると恐ろしい恐怖の中にありながら、なほ、彼の知性は激しい屈辱を覚えるのであつた」と書かれている。即ち、三造は「経験的にではなく能力上」にも此の世の全てを見聞きして、考えることができるような絶対的な大きな存在になるという偶然性を想像していたが、それが実現できなくて、三造の「知性」は「一種の屈辱」を覚えたのであろう。つまり、もっと高い存在になろうとする三造であるが、その偶然性のありえなさを見抜いたため、運命に屈服させられて恥ずかしい思いをしたのであろう。しかし、自分が望んでいる存在になる偶然性は期待できないことから知性に屈辱を覚えたが、一方、「世界は、まあ何という偶然的な仮像の集まりなのだらう!」と強く、自分の乃至世界の「存在の不確かさ」に疑問を投げかけている。それで、自分が受けた父の遺伝、周囲の存在すべてに対して、「三造は事毎にこの不信を感じてゐた」。だが、たまにそれがわかってくるような気がして、「偶然だといふことが結局唯一の必然なのではないか」と納得できそうであったが、そういう時は多くなかった。まとめて言えば、この節の三造像は伝吉の心情を受け継ぎ、まず自分の存在と世界の存在が人の意志で選んだものではなく、色んな偶然性の中から選択されたものであることと、蛮人あるいは今よりもっと高い存在になりうる可能性がないことがわかってきたため、自分の知性に屈辱を覚えながら、存在の基盤である世界や他人、乃至自分の存在に対して不信や不安を感じるような造型であった。つまり、すべての存在が確固かどうかが疑われるような前提で物語が始まった。

　このように、「北方行」の第三篇の伝吉の内容は「狼疾記」では三造の造型に統合され、文中の瘤の男はまた「北方行」第一篇で三造が見かけた瘤の男であった。だが、瘤の男についての描写はすこし違っている。「狼疾記」のほうがもっと詳らかに描かれている。それは「北方行」にない「奇妙な赤つちやけた色」の、「余りに大きく、又余りに逞しく光つてゐる」、「赤黒く汚れて毛穴の見える皮膚とは、まるで違つて、洗ひたての熟したトマトの皮の様に張切つた銅赤色」の「蟠踞した肉塊」、「醜い執拗な寄生者」、「この男の意志を蹂躙し」ているという描写である。また、「北方行」の「人間の自由意志の否定」とは違い、「人間の自由意志の働き得る範囲の狭さ(或ひは無さ)」、「俺達は、俺達の意志でない或

る何か訳の分からぬもののために生れて来る。俺達は其の同じ不可知なもののために死んでいく」、「俺達の意志を超絶した睡眠といふ不可思議極まる状態」、「意地の悪い神々」と、「狼疾記」では瘤の男についての考えが述べられる。物事の自然な状態を一々細かく分析しているのがこの時期の〈三造もの〉の特徴だと言えるが、それを過剰に分析する「分析癖」、若しくは自意識過剰の問題はまたそれと同時に浮上してきた。瘤から連想された意地悪い神々と人間の自由意志の部分であるが、「北方行」に比べて、「意志の働き得る範囲」という表現のほうが人の意志と意地悪い神々とを強烈に比較し、絶対的な神の前に発揮できない人間の意志という二項対立を際立たせるのであろう。また、「北方行」と違って、「意志を蹂躙し、彼からは全然独立した・意地の悪い存在」(「北方行」では「彼とはまるで独立した意地の悪い存在」) という「意志を蹂躙し」ている瘤の描写、そして「彼とは」ではなく「彼からは」という瘤の描写がなされている。「とは」の一体感から「からは」の距離感に変えられ、男の意志を無視し、そこから独立しようとする意地悪い「寄生者」の瘤のイメージが「狼疾記」の添削で伝わってくるのであろう。また、後期作品まで主題として論じられ続ける「不可知」なものが登場してくる。それは瘤と同じような、人間の自由意志ではコントロールできない部分、あるいは絶対的な大きな存在であり、それに直面している自己が如何に力弱いかは「意地の悪い神々」という三造の説から読み取れるだろう。また、ローマ皇帝ヴィテリウスが貪食のため、もっと食べられるように嘔吐するという話が「狼疾記」で新たに追加したのは、ヴィテリウスの満足できなさそうな貪食の欲望という人間の自由意志では対抗しかねる「意地悪い神々のこと」だと考えたからだろう。こうして、「狼疾記」への書き足しは、三造の不安の前提が「北方行」と同じものの、「狼疾記」では問題がさらに深刻化し、人間の存在や人間の自由意志が働き得る範囲の狭さに一層筆墨が入れられ、それによって三造の不安が高まってきたということを意味しているだろう。

一章に描かれた三造の不安はそれまでの「北方行」と違っているところは、「狼疾記」における三造が頭の中だけで造り上げられた少年の虚無観に、「今や、実際の身辺の観察から来た直接な無常観が加はつて来た」と、「北方行」の伝吉の不安を根本的に疑って、問題を新たに認識できたことである。つまり、「北方行」で三造に批判された伝吉の人類絶滅説に

第二章　三造の死生徘徊

対する迷信という問題が「狼疾記」で見直されたのである。「北方行」では伝吉は常に存在の根本的な前提—宇宙の存在に注目しつつあり、それで実生活に情熱を失っていたが、しかし人間の存在の根本的な問題と伝吉の人生問題との間にどうやら隔たりがあり、大きな隙間が見られるように読み取れるだろう。なぜなら、存在の根本的な前提について悩んでいた伝吉と彼の堕落な人生の間の繋がりがそれほど密着していないようにも言えるからである。「狼疾記」では、三造の身の廻りの無常と自分自身の病弱な体やいつか襲ってくるかもしれない死といった内容が上述した伝吉造型にある大きな隙間を埋め、伝吉の迷信に対して三造が自分の身辺や実生活からその迷信を証明できる根拠を提供して言い添えたのであろう。

　そして、「狼疾記」の三造のもう一つの進歩は、死という問題を更に具現化したことであり、伝吉が迷信した人類絶滅という「抽象的な死」が「狼疾記」では三造自身の病弱の身と死という「直接的な死」に転換されている。すなわち、「北方行」の死に関する問題が抽象化された死であり、それに対して伝吉の考えも抽象的であり、彼の生活と遠く離れているのに対して、「狼疾記」では、三造の「喘息と胃弱と蓄膿とに絶えず苦しまされてゐる」身体と、彼が確信した自己の「寿命の短い」ということと直接に関係している死の命題が出されている。それは実際作者自身が経験していた喘息の発作などの病苦とは無論つながっているが、このような自己の死という結末が提示されていることを前提に、二章から自然に自己の現実生活の問題につながっていく構造は「狼疾記」の独特な点である。つまり、「形而上学的」な不安を現実に立脚させるところは「北方行」との最も大きな差異であり、また「狼疾記」の進歩性でもある。作者は「北方行」を非常に大きな時代背景や越境背景の中に物語を構造しようとしたが、人物とその背景との関係はすこし薄く見え、また宇宙や地球に対する不信などの問題と人物の実生活との関係もとても密接ではないため、「狼疾記」では身辺を中心に、実生活を対象にして、「北方行」の問題を空中から地面へ定着させて検討しつづけようとしたのであろう。

　二作の比較について、奥野政元は「『北方行』の伝吉には、この不安を前にしてほとんど全身的な重量と思い入れをかけて表現されているのに、『狼疾記』の三造の不安に至っては、そこにある種の余裕というか、一定の距離を置いて向い合っているところが見られる」、「『北方行』における三造にしても、彼らの不安は、固定観念としての圏にふさわしい命題的な

性質が多分に持たされていたのみ、この『狼疾記』に至っては、それが身近な自己苛責と自嘲に裏付けられることによって、観念的な問題が心情的なものと結合した具体性をもつようになった」という差異と、「狼疾記」の特徴が「普遍よりも個性を注目すること」①　にあると指摘している。確かに、三造は大きな命題より自己の命題に集中するようになったと見えるが、その一方で、三造の絶対的なものに対する恐怖がまだ残っている。孔子の「まだ生を知らず。いづくんぞ死を知らん」の言葉に対し、三造は「未だ死を知らず。いづくんぞ生を知らん」と反論している。つまり、死ということは「狼疾記」では病弱の身による「直接的な死」に具現化されたが、しかし死という絶対的な運命の前にいる三造の恐怖と不安がそんなに大きく変化したわけではない。そして「抽象的な死」から「直接的な死」までの三造の意識の変化もパスカルの死の哲学からハックスレイの生の哲学への大きな転換を促すにはまだ力不足であろう。その原因は、三造に尾行している概念的な生活だと考えられる。三造が読んだ色んな概念が彼を説得しようとしたが、三造は自分が納得のいくことしか受け入れない。しかし、そのような三造が納得できたのはただ「俺の存在は幸福なのだぞ、と」思うような「閃く瞬間」であり、その瞬間が「短ければ短いだけ、その光の美しさ・貴さは加はるのだ、と真実そのやうに信じられることも、時としてある。併し、変転し易い彼の気持は次の瞬間には忽ち苦い幻滅の底に落ち込み、ふだんより一層惨めなあぢきなさの中に自らを見出すのが常である」。つまり、三造は自分の生が幸福だと感じる瞬間があっという間に消えてしまうため、三造は緊迫してきた死より先に生を考えることができなくなり、死という絶対的な運命の前に恐怖を抱いていることが「北方行」とは変わらない。

　まとめてみれば、「狼疾記」の三造像には、二つの問題点がある。一つは常に三造の生活の「底流」にある「パスカル風な伴奏」である。パスカルに提示された宇宙の虚無と無限によって三造の世界観が作り上げられ、それに人間という存在は永遠ではない、必然ではないという論点も三造に受け入れられる。それで、自分の存在の根本に対して信頼できない三造像が生まれる。このような宇宙観のため、三造は常に不安や恐怖を覚

---

　①　奥野政元「中島敦文芸の形成—『過去帳』をめぐって」（『中島敦論考』桜楓社、一九八五年四月）

え、そのようなマイナスな感情は感覚として三造の体中に残るようになったが、三造が後ろに誰かがついていると感じているように、三造自身がそのいやな感覚を追い払おうとしても、つまり自分の存在が幸福だと納得できる瞬間があっても、そのいやな感覚がすぐ身に戻ってきて、最後に「姿を現さない尾行者」になってしまったのではないかと考えられよう。もう一つの問題は知識人としての概念的な生活の悪い面、すなわち、「直接な問題」ではなく、「非現実的な・取るに足らぬ・贅沢な」「一種の形而上学的といっていい様な不安」であり、「哲学者的な冷徹な思索を欠」く、「形而上学的迷蒙の形而上学的放棄」である。無論三造の人生とは深く関わるが、実生活と遠く離れている形而上学的な思索は三造を苦しめているが、それが「己が性情が指さす所に従」って、自分の「素質を展開する」結果だと、三造は自己弁護している。「概念の青臭い殻」によって、三造の実生活に直接に触れずに生きているライフスタイルが造形されたと考えられるが、それが自分の「素質」であると最後には三造にまとめられた。そうして、三造の概念的な生活による自己認識が確定され、三造は自意識過剰で苦しむ日々を送るようになる。

● 第二項　生き方についての三造の選択

　では、実生活において、三造はどうであっただろうか。「ひどく疲れたやうな感じ」がして、「今日一日、何をしたか？　何もしはしない」、「何といふ下らない一日！　明日は？　明日は金曜と。勤めのある日だ。さう思ふと、却つて何か助かつたやうな気になるのが、自分でも忌々しかつた」とあるように、三造は「時勢に適応するには余りにのろまな・人と交際するには余りに臆病な・一介の貧書生」だと自己評価している。「北方行」における三造像は天津から北京へ、中国の古典的な情緒によって自分の問題を解決しようと企てたが、「狼疾記」では背景が日本の高等女学校になり、三造が職に就くことになる。職業、勤めがあれば、一時的に三造は自分の形而上学的な不安から逃れることができるかもしれないが、勤めがなければ、「ひどく」疲労したと感じている。それは過剰な考えによる疲労だと考えられるが、教師という職業は三造を疲労から救い出すこともできない。そして、実生活に対する態度は「父の死」の時に残された資産をどう使うかから窺える。

　「狼疾記」の二章から描かれた三造の現実生活に課題が残っている。

それは「名」をめぐる生き方である。父没後、三造は出世と享楽との二つの道を考えた。すでに見たように、冒頭では三造は自分の父がなぜ自分の父なのかを自ら疑問を持ち、その疑問ゆえに、三造は自分の存在の必然性を否定しようとする。しかし二章になったら、父が死亡した後という時間的背景が設定されたのはどんな意味があるだろう。物語の背景設定だと、三造の父像は二つの役割を果たしているだろうか。一つは三造に疑われた遺伝の不確定性であり、もう一つは没後に三造に残した遺産の設定のためである。ここでいう父は「プウルの傍で」における継母の見方をする、作者の実生活から生まれた父像ではなく、膨大な宇宙の偶然性とともに言及された父であり、三造に二つの生き道を選ばせるための資産を残す父として造型されている。それに、「狼疾記」では「父」が死んだ。こうして生成した父の像は、「プウルの傍で」から伝わってきた父の遺伝への嫌悪感とは関係が全然ないとは言えないが、おおむね三造の世界観の中から、つまり存在の不確かさを証明するための一例となり、いわゆる自分のアイデンティティーが自明ではないことを示唆しているだろう。「プウルの傍で」の父は〈実〉の父であり、三造の存在の必然的な前提条件であり、避けられない存在である。そして、三造自身が父から享けた遺伝を嫌うことは同時に、自分が嫌悪している父のことは実は自分も受け継いだと感じたことが示唆されている。その中で、三造はずっと父からのまなざしを受けており、そのまなざしで三造は拘束され、自己もその現実のくびきに縛られているだろう。しかし、「狼疾記」では、父のまなざしは姿を消し、自分の父が他の人かもしれないという不確定な存在や多くの資産を三造に残して死んだ人として設定されている。それは三造は父を抹消してもよいほど、それ相応の自己探索、即ち自分の存在を確かめ、今後の生き方について思考する必要性が迫ってきているからだといってもよかろう。

　結局、二つの道のなかで、三造は第二の道を選んだ。しかし、享楽の生活が続いていく中に、「日々の生活の無内容」と「麻痺状態」が訪れる。鷺只雄はこの点について、「生活人としては自己の性情を捨てて、俗物の世界に入って行くことを見定めながら、作家としては逆に自己の性情に執せんとする」① と論じている。これについて、三造が生きている前提を想

---

① 鷺只雄「歌稿と『狼疾記』・『かめれおん日記』」（『中島敦論『狼疾』の方法』有精堂、一九九〇年五月）

第二章　三造の死生徘徊

起しなければならない。地球は滅びる、人類が絶滅するなどの無意味な世界、パスカル風の自分の存在の必然性への否定は三造の中に先に植え付けられたため、一生懸命に出世をしようとする原動力が元々欠けているのであろう。そして、もう一つ考えなければならないのは、三造の性情の生成過程である。世間と離れている享楽の道を選んだ三造は実際に「名声地位」を求めようとし、また自分の漢詩が褒められるときに「卑小な喜びにくすぐられ」ていた。しかし、三造が執着している「名」という「人間的な」欲望と自分の性情との間には軋轢が生じている。三造は「父祖伝来の儒家」であるため、「尊大なるべき」「自尊心」を持っているが、しかしその一方で、自分に対する自負の反面、それが「ちつぽけな虚栄心」であり、「自分が飢ゑてゐるのは、こんな詰まらないものに対してだつたのか」と自らの「人間的な余りに人間的な事実に、」「三造は今更のやうに驚かされるのである」。そして、「狼疾記」にはすでに自分の才能を人に見せるのを憚り、「臆病な自尊心」と「尊大なるべき俺の自尊心」などの心情的な描写が行われ、それがほぼ無修正のままで「山月記」に投入されている。この意味において、「狼疾記」までの〈三造もの〉が残した問題点が続いて中国古典のリメイク作に取り入れされ、再検討されるようになるという過程には、〈三造もの〉から「山月記」、「名人伝」のような〈出世もの〉までは、緊密なつながりが存在していると言えよう。

　また、「一介の貧書生」でありながらも、高いプライドを持っているのは三造の性格だと言えるだろうが、どうしても形而上学的不安が「他のあらゆる問題に先行する」という癖は知識人だからこそ生じる癖であり、つまり三造の性情問題には、人工的な、概念的な部分が含まれていると言えよう。三造の性格に先行している彼の世界不信、人間不信という角度からみれば、全てが無意味であり、人間が存在した価値すら顧みようとしない。そして、無意味な世界だから、人間の精神力への蔑視も窺えよう。要するに、三造の生存の前提は最初には崩壊し、その崩壊したものが前提に、三造の性情は父からの遺伝を受けて形成したものばかりでなく、三造の自らのパスカル風の世界観も遥かに彼の性情に大きな影響を及ぼしたといってもよかろう。

　そして、三造の選択を左右するもう一つの原因は自分の弱い体とその病弱な体から連想するいつか襲ってくるかもしれない「現実的」な死亡である。宇宙や人間の存在に対して不信感を抱いた三造は自らの生命に対し

055

ても不信であるため、享楽主義に「東洋文人風な拗ねた侘びしさを加味した」「うじうじといぢけた活き方」を選んだのであろう。そこには、人間の積極的に努力する意志もなければ、進んで何かを切磋琢磨する精神力もない。だから、三造には、「身体も心も心棒が抜けて了つたやう」に感じたのであろう。それは宇宙に対する不安とは違う「麻痺状態」である。

　その麻痺状態を少し打破したと言える部分は線香花火を燃やした時に感じた感動と、カフカの「窖」を読んだときに三造に刺激を与えた「宿命論的な恐怖」という「正体の分からないもののために脅されてゐるやうな気持ち」という二か所であろう。標本から感じた「自然の意志、自然の智慧」とカフカの小説を読んだ時に感じた「俺を取囲む大きな『未知』の恐ろしさと、その前に立つ時の俺自身の無力さ」という箇所には、三造は再び絶対的なもの、不可知な運命、正体の分からないものから感じた恐怖を覚えるようになるが、「俺自身」について、人間の自由意志の働き得る範囲の狭さから「無力さ」へと、自分の意志を全否定している。つまり、三造が感じた恐怖はさらにひどくなったのであろう。

● 第三項　絶対という判断標準の崩れ

　「狼疾記」では形而上学的な不安が継続している状態（一章）、人生の二つの道—出世か享楽か—についての三造の選択（二章）が描かれたが、三章ではカフカの小説から感じ取った無力さの後に、いきなり他者のM氏が登場し、三造の観察対象となる。このM氏の存在について、奥野政元はM氏「のような人間存在に対する」三造の「驚異」①を指摘し、佐々木充は「三造がただちにM氏に化身できるわけではない。しかしその「形而上学的迷蒙」から脱け出すためには、〈生活〉が、〈実践〉が、〈行動〉が必須であることを、三造は示唆されたのである」②と述べている。詐欺出版を信じ、「職員室の誰」にも馬鹿にされているM氏の人生は、三造の目には「やり切れない人間喜劇」のように見えていたが、M氏が三造と酒を飲みながら、このような「螺旋階段」の人生論を語った。

---

　①　奥野政元「中島敦文芸の形成—『過去帳』をめぐって」（『中島敦論考』桜楓社、一九八五年四月）
　②　佐々木充「『北方行』と『過去帳』二篇—懐疑と模索—」（『中島敦の文学』桜楓社、一九七三年六月）

第二章　三造の死生徘徊

　人生といふものは、螺旋階段を登つて行くやうなものだ。一つの風景の展望があり、又一廻り上つて行けば再び同じ風景の展望にぶつつかる。最初の風景と二番目のそれとは殆ど同じだが、併し微かながら、第二のそれの方が稍々遠く迄見えるのである。第二の展望に迄達してゐる人間には其の僅かの違ひが解るのだが、未だ第一の場所にゐる人間にはそれが解らない。第二の場所にゐる人間も、自分と全く同じ眺望しかもち得ないと思つてゐるのだ、事実、話す言葉だけを聞いてゐれば、二人の人間に殆ど差異は無いのだから。

　まず、こんな話をするM氏に、「三造は又前とは違つた意味でM氏の顔を見返した」。そしてこの話について、三造は「決して書物などからこんな考へを仕入れて来たのではない」、「五十年の生涯の遅鈍な観察から生れた・彼自身の感想に違ひない」と断言している。内容はともあれ、M氏が読書家ではないから、それがM氏自身の人生経験であり、感想であると三造は信じている。一章では「此の世には自分に見ることも聞くことも考へることも（経験的にではなく能力上）出来ないものが有り得る」ことに対して屈辱を感じた三造についての描写があるが、そこには自分が読書家でありながらも、能力上では認識できないことがあることに対して一種の知性的な屈辱を覚えたが、M氏の話が経験上での話であると信じる三造は他方では経験について思索しはじめたのであろう。繰り返せば、三造のいわゆる経験はいずれも読書から獲得した概念的なものであり、そのものによって三造の非現実的な生活が築かれるが、M氏の話は書物ではなく、自分の人生を生きる中で、自分の鈍い観察力でまとめた肉声の感想である。この区別を際立たせるために、作者はM氏の感想を設置したのだろう。こうして、三造の知性によるマイナスな面が再び否定され、経験即ち実生活から獲得すべきだという生き方が示唆されるのであろう。このような経験上での感想はまた三造に改めて人生の生き方、自分の存在のしかたについて思索するきっかけを与えることになるだろう。これをひとくちにいえば、M氏は三造に新しい生き方—書物ではなく、人生の実体験から自分の世界観を築く—を提供したのであろう。このように、三造とは違う世界観が語られ、また、三造と違う視点や角度が見えてくる。

　M氏の話を聞いた後、三造は「M氏は先刻の感想の中で、明らかに、

自分を上の階段まで達してゐるものとし、彼を嘲弄する我々を『下の階段にゐながら上段にゐる者を晒はうとする身の程知らず』としてゐるに違ひない」と、「我々の価値判断の標準を絶対だと考へるのは、我々の自惚に過ぎないのではないか」と悟ったのである。愚者だと思われる賢者に対する批判がここから見られ、「絶対」という価値判断の標準の正しさが疑われるようになるのは三造にとって大きな進歩だと言えよう。三造はそれまで受容した人類絶滅説や、存在の必然性の理由を探し続けることや、自分自身と他者に対する観察はいずれも一面的であり、その基礎には三造の強い主観性が存続しているし、三造はほぼ疑いなしにそれをすぐ受け入れたのである。それに、三造は小さい頃聞いた地球絶滅など、実生活から自ら獲得したもの一つなく、書物や他人の話ばかりを信じるのが始まりで、そこから出発した存在の不確かさの論や、行動する前に人間の自由意志の働き得る範囲の狭さあるいは無さを定論とし、経験したことのない、仮想的な、確認待ちの前提条件で自らの世界観を築いたのである。最終的には、三造は形而上学的な煩悩を抱え込んでいる自分の癖を自らの性情とし、人工的な性情がそれで生成されることになるのであろう。それは五章の「お前は、自分に見せるために自分で色々の所作を神経質に演じてゐる訳だ」という一句からも読み取れる。知性で築かれた三造の世界には、形而上学的な悩みに、人類の絶滅の運命、自分の存在の必然性まで疑うことが加わり、今にも倒れそうな高い塔が建てられたが、基盤は揺れ揺れしているため、いつか倒れて、高い塔は土地に触れることになるだろう。その瞬間はまさにM氏の話を聞いた後だといってもよかろう。三造が抱え込んだ問題は全て形而上学的であり、ほぼ懐疑なしに三造に受け入れられるが、実際には、経験上には足りない三造は形而上学的な位置に立ち続けて、そこからM氏のような馬鹿馬鹿しい人を見る時に、常に上から下へという視線で見ている。俗な人間であるM氏が自己弁明したように、上記の一節を話したが、三造はそれを聞いてM氏のことを見直した。M氏の話で悟った三造は自己の中の絶対的なものを確立させるという単純な主観的、概念的な考え方を一変させ、相対化された人間における欲望について考察しはじめる。

　M氏の人生論で目覚めた三造の新しい判断基準を以て、人類が亡び、世界が滅亡するような人と世界を全体にし、その全体を絶対的な運命と戦うべき存在であるという認識が根本的に変えられる。それは「狼疾記」

五章に書かれた「世俗的な活動力」と「世俗的な欲望」からも窺える。「人生の与へられた事実」を認識できないのに、形而上学的な不安なんかを解決しようがないだろう。つまり、三造の形而上学的な不安と恐怖は実生活などの基礎がなく、空虚な仮説のうえに加えられたねじれた空論である。それが気づかれた後に、三造は厳しい自己反省をし、実生活における「活動力」の必要性を知るようになる。そして、自分に言い聞かせるという形で五章が書かれている。「ふん、まだ三十になりもしないのに、その取澄ました落着き方はどうだ」、「何だと?」、「よし、それに答えてやらう。いいか。人間といふ奴は、時間とか、空間とか、数とか、さういつた観念の中でしか何事も考へられないやうに作られてゐるんだ」、「お前の場合だつて、おんなじさ」、「馬鹿馬鹿しい」といったように、三造に厳しく言い聞かせる自分が登場する。

　その自分に言い聞かせる内容について、まず三造に自分には行動力がないが、世俗的な欲望がないわけではないということを自覚させる。欲望があるため、「何かやつて見」ることを勧めたのである。そして、三造が抱いてきた存在の不確かさの疑惑に対して、「さういう形式を超えた事柄に就いては何も解らないやうに出来てゐるんだ」、「お前にはその解決が得られないんだ」と断念させる。それに、M氏の話と併せて、絶対的な標準をあきらめ、自らの「積極的に働きかけること」を勧め、世俗から「最も優れた智慧を見出すものだ」とそれまでの世俗に対する軽蔑な態度を変えさせ、「人生の与へられた事実」を「意味のあるものとする」「技術を習得すべき」だと言っている。最後に、「何故もつと率直にすなほに振舞へないんだ」と三造に詰問をする。まとめれば、行動力の欠如と世俗的な欲望があることと、存在の疑惑問題が人間には解決できないように設定されていること、世俗を軽蔑せず、素直に生きていこうといった内容であるが、前の章と結んでみると、三造の生存前提が不安定だった問題、乃ち存在の不確かさについて、それは人間の意志あるいは経験では解決できる範囲の問題ではないことを三造に言い聞かせた。それがたとえ三造自身が自分に言い聞かせる内容としても、その疑惑をすっかり捨てて世俗に身を投じることを強く勧めたことを、三造が本当に納得したかは不明である。なぜなら、それらの言い聞かせの内容は三造が「半分睡つてゐたらしい」ときのことで、目が覚めたら、周りの風景をぼんやり眺めて、「暫くの間M氏のことも先刻の自己苛責のことも忘れて、人通りの無い街を

浮かれ歩いた」ことで文章が終結したからである。半分眠っていたような時のできごとは「北方行」における天啓の描写を想起させられる。伝吉が絶望の中で山頂を、「天啓をみたもののやうにしばらくぼんやりと眺めてゐた」。その後、伝吉は情熱を暫く持つことができ、上海へ向かった。しかし、「狼疾記」では、三造は半分眠っていたような時に自分を厳しく問い詰めたが、目覚めた後、何の行動もなく、以前として一人で街を歩いたのである。その一方で、自分に言い聞かせる内容における存在の疑惑を「不可知」なものに転じることが興味深い。その後の作品には存在の不確かさが完全に断念されたとは断言できないが、運命のような絶対的なものを「不可知」なものとして受け止める主人公が現れたのである。これは中島文学において大きな変化であり、その後の作品にも天の要素を削除したり、それを一番重要な原因でないようにする意図が見られる。天、運命、存在の必然性などの形而上学的な問題より、「狼疾記」では人間レベルの問題を考えはじめる。そして、存在の不確かさという問題を否定することからみれば、〈三造もの〉乃至その後の中国古典リメイク作には人間レベルの問題を検討する準備が整っていると言えるだろう。

　要するに、M氏の登場は三造に新たに自分の位置と問題を考える機会を与えたのである。形而上学的な問題に悩まされることが自分の性情に浸透するくらいの深刻な問題であり、それを思索している自分がM氏より高い位置にあるという認識が転覆させられ、世俗の中の智慧、因習の必要性など、人間レベルあるいあ世俗レベルのことが三造の視野に入ったのである。そして、人間の意志が自由に働けないという苦悩から、人の加工で意味のあることが作れるなどの意識の変化まで、人間の意志や行動力の意味と価値が見直され、三造には苦悶を解消する策が示唆されたと言えよう。

　「狼疾記」は「北方行」の一部分を受け継いだが、最終的には、存在の疑惑をある程度放棄して、三造のいわゆる「知的悪風」の影響で真に生きられない問題もある程度解決されたと言えるだろう。「北方行」では三造が知的問題に直面する時、僅かな瞬間にしか情熱を持つことができないが、「狼疾記」は世俗への見直しや、自らの世俗的な欲望への承認、行動力の発見などによって、三造あるいはその後の主人公に人間レベルからの問題解決策を提示したのであろう。

● 第四項　〈三造もの〉について

　「プウルの傍で」、「斗南先生」、「北方行」と「狼疾記」は同じ主人公三造を描いた作品であり、時間的にも順番になっていて、作者の少年から青年までの時間を綴った作品群である。

　「プウルの傍で」で始まる〈三造もの〉は密封する空間—プールにおける三造の回想譚である。回想に浸っている三造の感覚は三造が泳いだ時の心情とは同步であり、波紋のように、三造の中学時代の回想、現在プールを泳いだ三造の感覚と、プールの傍に立っている作者という重層的な構造となり、自己のアイデンティティーが明確ではない時期の三造像が描かれている。そこには、身体的な劣等感とそれによる精神への蔑視に重点が置かれ、精神的なことというと、父の遺伝、新しくできた家族への嫌悪と自己嫌悪が書かれているが、それがあくまで心情的ものである。父が存在することが前提で三造が存在するという理不尽な血縁関係と父から受けた遺伝について、「斗南先生」にも言及されている。この時期の三造の自意識は父、継母、上級生などのパワーと対抗するために生まれたのであり、自分の弱い体格という身体的な弱さがメインに書かれ、それはただ青春期の叛逆から生まれた父への反抗のための意識のみであり、まだ自意識が生成されたとは言えないだろう。

　だが、「斗南先生」になると、状況がすこし変わってくる。「斗南先生」は三造と伯父の物語である。遺伝嫌悪と似ているように、自分も伯父に似てくると気付くと、自分に対する嫌悪感を示すようになる。それゆえ、斗南伯父に対する批判は至極厳しい。その厳しい斗南批判の中には、厳しい自己批判も含まれている。ただし、自己批判がまだはっきりした形になっていなくて、斗南批判の後ろに隠れているように見える。「プウルの傍で」における父への嫌悪から、斗南伯父に対する批判乃至自己批判までの自意識の変化からは、父と伯父との一体化から分離して、客観的に自己を見ようとする意識が生まれたのであろう。しかしまた、その血縁関係があるこそ、十年後の三造の伯父に対する認識が変わるのだろう。厳しいと言えるほどの伯父批判は三造の自らの感情の発見によって解消され、自己批判を斗南批判に隠すという自己分析方法をあきらめ、斗南と自己を分離させることにやっと成功した。父や伯父との分離は三造の自意識の形成には頗る大きな役割を果たしている。三造はようやく一人の独立した個体と

して認識対象となりえたのである。しかし、三造に大きな影響を与えた「父祖伝来の儒家」という家系は相変わらず否定的にとられる傾向が見られ、そして、その傾向は「北方行」と「狼疾記」にも見られる。

　前述したように、「北方行」において築かれた広そうに見える大きな規模が「狼疾記」になって小さく縮められ、実生活のレベルの問題になってきた。が、「北方行」と「狼疾記」との二作とも、書物から知性を得た三造は「非現実的な」生活に陥り、その知性の影響で、自分の存在の大きな前提を虚無だと思い込み、概念的な、無力な生活を送る三造像が描写されている。三造のアイデンティティには、父や伯父の影響より、知性に影響された部分が圧倒的に多くなり、自らの生活を真に生きることができないことがメインになっていて、だからこの時期の三造は父と伯父の影響からすこし脱出できたと言えようが、しかし、自らの存在や生活に対して、まだ自明ではない状態に陥った。そして、弱い体格によるコンプレックスではなく、また斗南先生の儒家精神を標本だと見做すのでもなく、自らの病弱な体から感じ取った直接的な死亡か生存かの問題に直面しなければならない境地になった。こういう状況において、三造が形而上学レベルで考え込んだ問題は実生活における役割が見られず、それを考え込むこと自体が自らの性情に大きく影響を与えることに至ったのである。また、その緊迫だった形而上学的な思考や苦悩は俗人のM氏に出会ってからある程度解消され、三造に「行動」という解決策が示唆されたのである。

　このように、少年時代から青年時代までの三造像は、最初の父と遺伝を受けた自分に対する嫌悪と、斗南伯父に似ている自分に対する厳しい批判から、自らの病弱や死に直面し、形而上学的な苦悩を行動で解決しようとする三造の変化まで、三造のアイデンティティーがもやもやした状態からすこし自明になってくるように読み取れるだろう。このような〈三造もの〉は中島敦の前期と中期の作品において大きな比重を占め、その中から自己を表現するための中島敦固有の言語形式も見られる。それはまず、他者のイメージを借りて、自らのことを分析することだと思われる。父（「プウルの傍で」）であれ、伯父（「斗南先生」）であれ、俗人のトムソン（「北方行」）やM氏（「狼疾記」）であれ、三造はそれらの人物に自ら視線を投じ、後に視線を自己に移すというルートで他者の描写を行っている。すなわち、他者との関係性において、三造は自らの認識を持つことになるということである。そして、もう一つの〈三造もの〉に見られ

第二章　三造の死生徘徊

る中島文学の固有形式として、哲学、特にパスカル、ハックスレイ、ジードなどの哲学者の疑問を自らの作品に編入して、自らの生を以てそれを検討、議論しようとする姿だと言えよう。それらの哲学から生まれた三造の疑問や苦悩は三造の自意識の生成期に大きな影響を与え、三造の性情を変形させたと言ってもよかろう。それで、後期の「山月記」における性情の描写がなされるのではなかろうか。つまり、三造の性情は知性に影響されて生成した性情であり、その中には「狷介」などの元来の性情があろうが、知性による苦悩に影響された部分は多くて、「狼疾記」にあるように、知性による歪んだ性情は無限に膨大化している手足のように、三造を全身を失うことになりかねない「狼疾」人にするのである。膨大な手足のために全身を失いかねない「狼疾」人にならないように、三造は自らの性情のために、一生を費やしたがらない。そのタイミングで現れた人物は俗人のM氏である。常に自らの存在に疑問を持っている三造はついに俗人の話を聞いて、行動力に気づくようになり、その行動力は後の「悟浄歎異」にも重点的に書かれている。しかし、三造の行動力の発見から、悟浄の行動力不足まで、行動力を以て自らの問題を解決ことはそんなに簡単なことではないことが分かる。これについてまた後述する。そして最後に、〈三造もの〉において、東洋と西洋との対立はよく比較されている。それは後期の作品にも大きな影響を与え、中島の後期の中国古典リメイク作に固有形式を提供したと言えよう。しかし、三造が批判していた斗南先生の古い時代精神に対する態度は後の中国古典リメイク作品において改められるようになったと言ってよい。以上を一口で言えば、〈三造もの〉から後期作品へ、中島の固有の言語や創作形式は、アイデンティティの自明性問題と、知性に影響された歪んだ性情、東西精神を意識的に比較するという三つとなる。

第三章　「名」という生き方

第一節　「山月記」論―偽りの詩と偽りの性情

　「山月記」は一九四二年二月号「文学界」に発表された。また、「山月記」創作の前か同時期①の一九三六年から一九四一年にかけて、中島敦は漢詩をも詠んでいた。二〇〇一年の全集（筑摩書房）に収録されている中島敦の漢詩は訳詩や草稿を除き、三十五首ある。また、中島敦の蔵書に多くの漢詩関係の書籍と漢詩の平仄を勉強した手帳が残されていることから、中島敦の漢詩に対する情熱が窺える。漢詩のやりとりについては、村田秀明の論文②で集められたように、友人氷上英広より「漢詩は己には判断力がない」③と、横浜高等女学校の歴史担当滋賀貞より「前詩平仄相違あり訂正二三書添申候」④との記録、横浜高等女学校の同僚安田秀文より「折々に教員室で被見された」⑤との回想が残っている。周りからの意見は自らの判断不足に言及するもの、或いは平仄の修正のみであり、詩の内容や巧拙に対する評価はなかった。また、同僚の前でのみ披露したことがあるものの、中島敦の漢詩はすべて未発表である。つまり、中島敦は自分の漢詩に対して自信が充ちていたのではなく、また自ら評価し難いもの、或いは評価できないものとして見ていたのではないだろうか。「山月記」において「詩人として名を成」そうとした李徴が袁傪に伝録を頼んだの

---

　①　年譜によると、一九四一年六月に中島敦が深田久弥に預けた原稿の中には「山月記」があった。それゆえ、漢詩が「山月記」の創作の前か同時期に詠まれると考えられる。
　②　村田秀明「中島敦と芥川龍之介の漢詩」（『中島敦・光と影』新有堂、一九八九年三月）
　③　一九三九年九月七日　中島敦宛てはがき（『中島敦全集　別巻』筑摩書房、二〇〇二年五月）
　④　一九四〇年一月十日　中島敦宛てはがき（『中島敦全集　別巻』筑摩書房、二〇〇二年五月）
　⑤　郡司勝義「解題」（『中島敦全集　第二巻』筑摩書房、一九七六年五月）

第三章　「名」という生き方

は「長短凡そ三十篇」の詩であり、しかし原典「人虎伝」では「旧文數十篇」①になっている。また、自分の詩に対して、「作の巧拙を知らず」と言っていた。袁傪に伝録してもらう「凡そ三十篇」の詩と「作の巧拙を知らず」との自己評価は、中島敦自身の残した漢詩の数、そして自ら下した評価し難さとは無縁ではないだろう。また、漢詩における「狷介不交人」（狷介人と交わず）の詩人像と「山月記」の「性、狷介」のような李徴の性格設定などの表現上の類似性も見られている。

「山月記」において、袁傪は李徴の詩に対して「格調高雅、意趣卓逸」「何処か（非常に微妙な点に於て）欠ける所がある」と評価した。これらの李徴の漢詩に対する評価がどんな標準で行われたかについて、中島敦の蔵書にあった詩論を参考すれば、実証的にその評価基準を考察できるであろう。蔵書の中に朱点が多かった②「随園詩話」（清・袁枚）③は「性霊」説の代表作である。詩論は主に「格調、神韻、性霊」の三説に分けられている。後で詳述するが、「格調高雅、意趣卓逸」とは格調派と神韻派の標準—「高雅」と「高遠」に近い表現であり、また「性霊」説に批判されている短所でもある。

以上のように、中島敦の漢詩と「山月記」との関連性を示したが、両者の関係はむしろ中島敦が意識的に自分の漢詩創作経験を考慮しつつ「山月記」を書いたのではないかと思わせるほど緊密であろう。本節はまず中島敦の漢詩の分析を踏まえながら、その表現、主題と「山月記」とはどう繋いでいるかを究明する。そして、詩論「随園詩話」における「性霊説」と「山月記」における李徴詩に対する袁傪の評価との関連を確認したうえで、袁傪が指摘した李徴の詩の「欠ける所」とは何かを明らかにする。この二つの問題を明らかにさせることを通して、中島敦の漢詩と小説との関係性を究明する。

---

①　「人虎伝」（『国訳漢文大成　文学部　第十二巻　晋唐小説』国民文庫刊行会、一九二〇年十二月）以下の「人虎伝」引用はすべてこのバージョンによる。

②　蔵書には中島敦の祖父・中島慶太郎の蔵書が入り、蔵書にある朱点が中島がつけたとは断言できないが、中島が漢詩に興味を持ち、創作をも試みたことから、中島が蔵書にある詩論を読んだ可能性が非常に高いと考えられる。

③　「中島敦の蔵書目録」『梶井基次郎・中島敦』（有精堂出版、一九七八年二月）

中島敦文学研究：以"三造的故事""名利故事""师徒故事"为中心

● **第一項　漢詩の世界**

　すでに村田秀明の論文①で明らかにされたように、中島敦の漢詩の成立時間は一九三三年四月（横浜高等女学校勤務）から一九四一年六月（南洋行）までの間である。漢詩の世界では、どんな心情、どんな詩人像が詠まれたかを見てみよう。

　　　　　　　　　　　　一
　　習々東風夜淡晴　　習々たる東風　夜淡く晴れ②
　　星光潤暈不鮮晶　　星光暈を潤して　鮮晶ならず
　　清明未到天狼没　　清明が未だ到らずに　天狼没し
　　穀雨已過角宿瑩　　穀雨已に過ぎて　角宿瑩らか
　　庭上見星幽客意　　庭上に星を見れば　幽客の意
　　花陰踏露惜春情　　花陰に露を踏めば　惜春の情
　　微芳満地無人識　　微芳が地に満ちて　識る人無し
　　只有隣家静瑟聲　　只だ有り　隣家静瑟の聲
　　　　　　　　　　　　二
　　非不愛阿堵③　　　阿堵を愛せざるに非ざれども
　　阿堵一無情　　　　阿堵　一に無情なり
　　陁窮空憫婦　　　　陁窮　空しく婦を憫み
　　除日嗟咨聲　　　　除日　嗟咨の聲
　　　　　　　　　　　　三
　　攻文二十年　　　　文を攻むる　二十年
　　自嗤疎世事　　　　自ら嗤う　世事に疎きを
　　夜偶倦繙書　　　　夜偶に書を繙くに倦み
　　起仰天狼熾　　　　起きて仰げば　天狼熾かんなり

----

　①　村田秀明「中島敦の漢詩の成立」（「国語国文研究」十七号、一九八二年三月）
　②　漢詩の書き下しは『中島敦全集1』（ちくま文庫、一九九三年一月）と村田秀明「中島敦の漢詩研究」（「方位」2号、一九八一年四月）を参考した。
　③　『晋書　王衍伝』六朝（二二二年～五八九年）と唐（六一八年～九〇七年）の時代にこれというの意味で使われていた言葉である。晋の国に王衍という大臣がいて、お金を言うのが嫌がっていた。妻が意地悪く〈お金〉を言わせようとするため、銅銭をベッドの周りに一周置いたが、王衍は下人を呼んで銅銭を指さしながら、〈拳却阿堵物〉（これらを持って行け）を言った。それで、「阿堵物」がお金の代名詞になり、軽蔑した言い方である。

第三章　「名」という生き方

　　　　　　　　四
北辰①何太廻　　北辰　何と太だしく廻らん
人事固堪嗤　　人事　固より嗤うに堪ふ
莫嘆無知己　　知己無きを嘆くこと莫れ
瞻星欲自怡　　星を瞻て　自ら怡まんと欲す
　　　　　　　　五
平生懶拙瞻星悦　平生懶拙　星を瞻て悦び
半夜仰霄忘俗説　半夜　霄を仰ぎ　俗説を忘る
銀漢斜奔白渺茫　銀漢　斜めに奔り　白渺茫
天狼欲冱稀明滅　天狼冱らんと欲し　稀に明滅す

夜懐（二首）
　　　　　　　　六
自憐身計諒蹉跎　自らの身計を憐み　諒に蹉跎たるを
數歲沈痾借債多　數歲の沈痾　借債多し
春寒陋巷簫々雨　春寒の陋巷　簫々たる雨
燈前獨唱飯牛歌②　燈前獨り唱う　飯牛歌
　　　　　　　　七
曾嗟文章拂地空　曾て嗟く　文章地を拂いて空なるを
舊時年少志望隆　舊時の年少　志望隆し
文譽未颺身疲病　文譽未だ颺らず　身が病に疲れ
十有餘年一夢中　十有餘年　一夢の中
　　　　　　　　八
夜寒烹薬草　夜寒　薬草を烹る
風雪遶茅居　風雪　茅居を遶る
病骨空懷志　病骨に　空しく志を懷く
今冬復蠹魚　今冬　復た蠹魚たらん
　　　　　　　　九
五月五日自哂戯作

────────

　①　北極星。『論語・為政篇』子曰：為政以德　譬如北辰　居其所而衆星共之（訳：徳を以て政事をすると、北極星のように、不動の位置にあったら他の星が集まるようになる）
　②　古歌名。春秋衛人寧戚が牛を飼う人である。斉国の東門から桓公が出かけたら、寧戚が牛の角を叩きながら歌う。貧乏な人が出世するために自薦する歌として伝わっている。

```
行年三十一    行年三十一
狂生迎誕辰    狂生誕辰を迎え
木強嗤世事    木強にして世事を嗤い
狷介不交人    狷介人と交わず
種花窮措大①  花を種うる窮措大
書蠹病瘦身    書蠹たる病瘦身
不識天公意    天公意を識らず
何時免赤貧    何時赤貧を免れる
              十
十年沈療已衰殘    十年の沈療　已に衰殘し
憔瘁如耆力殆殫    憔瘁者の如く力殆ど殫く
喉塞肺疼空奄奄    喉塞がり肺疼み空しく奄奄たり
多痰息逼只嘽嘽    痰多く息逼り只嘽嘽たり
通宵喘咳憑牀苦    通宵　喘咳し牀に憑れて苦しみ
拂曉昏疲背汗寒    拂曉に昏疲して背汗寒し
應憐病餘枯槁手    應に憐むべし　病餘枯槁の手
燈前翳見意淒酸    燈前に翳して見れば意淒酸たり
```

　一では、星を見る「幽客」である詩人は、「微芳が地に満ちて　識る人無し」と春を惜しむ。このような隠遁の意思を表しながら、「識る人無し」と自らの不遇を嘆息する詩人像は他に四の「知己無きを嘆くこと莫れ　星を瞻て　自ら怡まんと欲す」、六の「燈前獨り唱う　飯牛歌」にも窺える。また、三の「文を攻むる　二十年　自ら嗤う　世事に疎きを」、九の「狂生誕辰を迎え　木強にして世事を嗤い　狷介人と交わず」と四の「人事　固より嗤うに堪ふ」のような「なかば自嘲しながら、その底にナルチシズムから出た強い反俗」②との二面性も見られる。その他、二の「陋窮」と九の「何時赤貧を免れる」から詩人の貧苦な生活が伺え、また十の「憔瘁者の如く力殆ど殫く」のような病苦と、八の「病骨に空しく志を懐く」のような文学を志す病弱の身も詠まれている。

---

　①　貧乏な読書人を指す。
　②　小室善弘「中島敦漢詩研究」(「埼玉県立浦和西高等学校研究収録」九集、一九七八年三月)

第三章　「名」という生き方

　ここで注目したいのは、これらの漢詩に表されている〈隠遁―出世〉〈自嘲―反俗〉のような二面性である。一方で表現されているのは、俗世を嘲って隠遁者のように暮らしている反面、文名を世間に認められたいという、隠しきれない強い願望である。また、他方で表現されているのは、文学に対する執着を持っているものの、今まで世間に残す作が一つもない挫折感である。そして「起きて仰げば　天狼熾かんなり」（三）のような星に託している文名に対する野望と自負が読み取れる。漢詩の世界における詩人の自嘲癖、自負、俗世への蔑視、文名への野心または挫折感などの性質と感情は「山月記」にも窺える。

● 第二項　「山月記」における李徴像と漢詩の詩人像

　「山月記」において、李徴は「博学才穎」で、「若くして名を虎榜に連ね」て「江南尉に補せられた」人物である。しかし、「性、狷介、自ら恃む所頗る厚く、賤吏に甘んずるを潔しとしなかった。いくばくもなく官を退いた」。つまり、最初の李徴は自分の「才」を以て「名」を獲得したが、自分の「狷介」の「性」のために、退官したのである。その後、「虢略に帰臥し、人と交を絶つて、ひたすら詩作に耽つた」といったような、官僚生活とは正反対の〈隠遁〉生活を始めたが、李徴がその生活を選択した理由は「下吏となつて長く膝を俗悪な大官の前に屈するよりは、詩家としての名を死後百年に遺さうとした」ということである。この理由について、奥野政元は「詩人たる願いは、」「賤吏としての現実に対する反発と挫折の結果」であり、「俗社会を超越して隠者となることではなく、むしろ俗悪の中にあって、それらを見返すほどに抜きんでる」①と示唆的に指摘している。

　「文名は容易に揚らず、生活は日を逐うて苦しくなる」ために、李徴は再び官職をついたが、「曾ての同輩は既に遥るか高位に進み、彼が昔、鈍物として歯牙にもかけなかつたその連中の下命を拝さねばならぬことが、往年の儁才李徴の自尊心を如何に傷つけたかは、想像に難くない。彼は怏々として楽しまず、狂悖の性は愈々抑え難くなつた。一年の後、公用で旅に出、汝水のほとりに宿つた時、遂に発狂した」。発狂までの経緯から窺える李徴の執着心について、木村東吉は「世俗的価値である

---

①　奥野政元「『山月記』ノート」（「活水日文」二十二号、一九九一年三月）

『名』に」① 対する執着心と解釈している。しかし、その一方で、李徴は「狷介」な「性」の持ち主であり、「人と交」を絶ち、隠者になる素質をも同時に持っていると言えるのであろう。

原典「人虎伝」の「性疎逸」とは違い、「山月記」の李徴の「狷介」の性格が中島敦の意図的に賦与したことは無論でありながら、その性格が李徴の形象だけではなく、自嘲詩「五月五日自哂戯作」においても「狷介にして人と交わず」と詠まれている。中島敦の漢詩における詩人は「狷介にして人と交わず」「人事　固より嗤うに堪ふ」のように、世俗を嘲るが、自分の「才」を以て世間に認められたい願望を持っている。しかし、文名が容易に上がらず、「文章地を拂いて空なるを」「嗟く」のである。同じく「狷介」な性情のために官僚生活に失敗した李徴は、同様に自分の「才」に自負しており、「文名」に対する執着が窺える。しかし、その「文名」が上がらない失意の強さは自負とぶつかり、李徴に最も深刻な矛盾が生じたのであろう。「山月記」において、その矛盾が李徴の「狂」を際立たせ、虎への変身を促した重要な原因になっている。

● 第三項　李徴の「狂」

「山月記」の主題についての先行論は枚挙にいとまがないが、代表的な論説として、中島の友人深田久弥は「虎に化した李徴の慟哭の中に、作者の痛切な嘆き」② と評し、鷺只雄は、「存在の不条理性」「芸術にとりつかれた人間の苦悩」「性格の悲劇」③ という三つを挙げている。また、佐々木充は「『無限』に近づこうとする人間執念の形象」④ と指摘し、木村一信は「〈滅び〉への恐怖」⑤ と論じた。また、李徴の狂気について、「李徴は永遠の方にばかり目が行き、性情を矯正せずに逆に肥大さ

---

①　木村東吉「『山月記』論―虎の出自とその行方―」(「島大国文」十七号、一九八八年十一月)

②　深田久弥「中島敦君の作品」(鷺只雄編『中島敦〈叢書　現代作家の世界5〉』文泉堂出版、一九七七年四月)

③　鷺只雄「『山月記』再説」(『中島敦論『狼疾』の方法』有精堂、一九九〇年五月)

④　佐々木充「『山月記』―存在の深淵―」(『中島敦の文学』桜楓社、一九七三年六月)

⑤　木村一信「『山月記』論―〈滅び〉への恐れ―」(『中島敦論』双文社出版、一九八六年二月)

第三章　「名」という生き方

せ、虎と化してしまう」①、「李徴が自分の世界認識を改変しえなかったという事実は、孤立を解消しようとする衝動を押さえ込む力それ自体が、意識の極めて深いところにまで頑強に根を下ろしたものとして、衝動の力と優に拮抗していたことを示しているのではないかと」②の論述がある。李徴に対する見方について、山本欣司は「従来の『山月記』論が共通して構造化してきたのは、李徴排除の力学である」と提示し、「"人喰虎と化すほどに非人間的であった李徴"は批判されるほかない」③と指摘した。「山月記」において「己はどうして以前、人間だったのか」、「一体、獣でも人間でも、もとは何か他のものだつたんだらう」と自分の存在を懐疑した李徴像が描かれ、人間的であるか「非人間的」であるかを判断するのはあくまで袁傪が代表している他人である。「非人間的」という評価基準は常に多数の他人の手に握られている。しかし、李徴が「発狂」したのは、〈隠遁―出世〉〈自嘲―反俗〉のジレンマに陥った〈心的病気〉が原因であろう。それゆえ、多数の〈正常〉の他人の標準を以て李徴を「非人間的」に、否定的に捉える見方は偏っている。本節では、少数派と言える李徴の立場に立って論を進めて行く。

中島敦は一九三八年八月に訳了したハックスレイの「パスカル」④内の「病者の世界・その辯明」の一章で次のように言っている。

　　実用的な・社会的な目的にとつては、「通常の世界」が、確かに、我々の住み得る・最も便利な世界である。が、便宜は真理を計る尺度にはならぬ。健康者は世俗的利害への執着といふ・甚だ面白からぬ事情の下に、営々と働く。世界は、彼にとつて、そこで出世すべき場所であり、適者生存の行われる場所である。否応なしに、彼は、事物の功利的方面を見る。病気は、人を、生存競争の戦はれてゐる戦場から、生物学的　超　俗(デイタッチメント)へと運びさる。彼は、単なる有用以外のものを見る。

---

①　木村瑞夫「中島敦『山月記』論―李徴にとっての〈神〉―」(「国語と国文学」七十一号、一九九四年三月)
②　淵原伸子「『山月記』論」(「金沢大学国語国文」二十二号、一九九七年二月)
③　山本欣司「後悔の深淵―『山月記』試論―」(「日本文学」四十七号、一九九八年十二月)
④　中島敦訳「パスカル」(『中島敦全集　第二巻』筑摩書房、二〇〇一年十二月)

中島敦文学研究：以 "三造的故事" "名利故事" "师徒故事" 为中心

　　「人虎伝」において、李徴は「一家数人尽く之を焚殺して去」ったから虎になったが、「山月記」における李徴の「狂」は、病的な「心的錯綜の極」① から生じている。そして、李徴の変身原因について、木村瑞夫は「李徴の言う『さだめ』、つまり運命を支配する、認知を超えた力の所有者であり、一般的に〈神〉と呼ばれているものである」、また「臆病な自尊心」と「尊大な羞恥心」のような「性情も結局のところ、『不可知なもの』によって『理由も分らずに押し付けられたもの』と解」② している。「超自然の怪異」である虎への変身は李徴の〈心的病気〉とともに発作した。その発作は「精神を功利主義的現実から引離し、精神をして、日常の一般的功利主義的現実に比べて、より皮相でない・傾向的でない・別の現実を認めしめ、或ひは、さういふ現実を自ら創造せしめる」のである。つまり、「病者の世界」では、李徴は出世など、人間の功利的側面を離れ、自分の今迄の「人間」としての人生を振り返ることができたのである。それと同時に、新しい現実〈虎の世界〉が創られるようになる。しかし、その新しい現実を受け止めるには、今まで執着した「人間の心」を砕く必要がある。それは李徴にとって、「哀しく、切なく」て「此の上なく恐しく」感じられるものである。また、李徴の自己告白における「臆病な自尊心」と「尊大な羞恥心」は自分の才能に対する自信を持ちながら、その反面「通常の世界」において自分の才能を披露することが怖いという相矛盾した気持ちであろう。人との交を絶つことの背後には、李徴の自分の才能に対する自負と「通常の世界」では自信をもって披露できない恐怖心が混在した感情がある。そのような二つの世界の境界線にいる李徴は、自分の性情のためについに「発狂」し、「酔」って虎になったのである。しかし、この変身は袁傪が代表している「通常の世界」から見れば異類に変身した哀れな物語のように見做されるが、李徴自身にとってはそう断言できないように思われる。なぜなら、我々は李徴の対立面に立っているからである。

---

　　①　佐々木充「中島敦『山月記』—材源について—」(「国文学 解釈と教材の研究」十一号、一九六六年五月)
　　②　木村瑞夫「中島敦『山月記』論—李徴にとっての〈神〉—」(「国語と国文学」七十一号、一九九四年三月)

第三章 「名」という生き方

● **第四項　詩論から見る李徴の詩の「欠ける所」**

　まず、「第一流の作品」はどんな詩を指しているのであろうか。「格調高雅、意趣卓逸」という袁傪の評価から考察したい。李徴の詩に「欠ける」詩的要素とは何かを明確にするために、中島敦の詩論蔵書を参考にする。

　詩論における「格調、神韻、性霊」の三説の特徴をまとめてみれば、格調派は詩の骨格と音調において、「意力的」「情熱的」な創作を貴ぶが、詩の「皮相」にとどまるおそれがある。神韻派は「情的」「淡白」に、詩中に「一格」を備えることを要求している。しかし、「一格」のような要求はすべての形式で実現できるとは言えない。性霊派は、「意匠」を重視し、「智的」「清新機巧」を求めるが、実行上には「才」に偏りすぎ、「誠実」を失い、「文字上の遊戯」になるおそれがある。この三つの流派（格調派・神韻派・性霊派）はそれぞれ、「骨格」「興趣」「意匠」を重要視しているが、詩境といえば、性霊派は「卑近眼前」を重視し、格調派と神韻派は「時として高遠に走る」。

　性霊派の代表である袁枚の「随園詩話」では、「性霊」が最も重要視されている。言い換えれば、性情から詩が生まれるという説である。つまり、格律などの詩の規則に屈服せず、自己の性情に従って詩を作ってこそ良い詩が生まれるということである。格調について、袁枚は格調派、神韻派などの流派を批判している。上記の三つの流派の特徴を見ながら、「山月記」における李徴の詩に対する袁傪の評価を思い出してみると、「格調高雅、意趣卓逸」という特徴は、格調派と神韻派の詩境の要求に近い。また、後文には「一読して作者の才の非凡を思はせるもの」、「作者の素質が第一流に属するもの」との評価が続き、李徴の「才」が袁傪に認められたのであるが、「何処か（非常に微妙な点に於て）欠ける所がある」との欠陥も示されている。

　原典の「人虎伝」においては、李徴の詩に対して、袁傪は「文甚高、理甚遠」と絶賛し、「欠ける所」などのマイナスな指摘がなかった。「山月記」において、中島が「格調」と「意趣」の要素を組み入れ、「作者の才の非凡」や「欠ける所」を指摘させるように書き換えたことは、蔵書の中にある詩論と密接な関係があると考えられる。そこで、「山月記」における李徴の詩に対する評価を詩論と関連づけて見ると、「格調高雅、

073

意趣卓逸」はいずれも格調派と神韻派の「高遠」のイメージと呼応し、その詩境を示している。つまり、貧しい生活にある李徴の詩業において、創作の注目点は自分の貧窮な生活ではなく、「高雅」「卓逸」のような「高遠」の所にある。そのような「高遠」な詩境を作り出すには、無論詩人李徴の「才」が要求される。しかし、李徴の詩において、格調と興趣と「高遠」な詩境は詠まれたが、その詩境は性霊派が主張していた「卑近眼前」のものを詠むこととは反対である。李徴の「素質」は「第一流」であり、その「素質」によって「格調高雅、意趣卓逸」のような詩が作られるが、その詩は本当に李徴の「性情」をありのままに詠んだのか。おそらく違うだろう。

　詩論と関連して、李徴の詩に対する評価と三つの流派と比べた結果、李徴の詩の「欠ける所」としては、①貧窮な生活などの「卑近眼前」のものではなく、「高遠」な詩境を作ろうとしていること、②李徴の詩は自分の本当の「性情」から生まれたものではないことの二点が挙げられる。詩を詠む際に、本当の「性情」を隠して、「高遠」な詩境を詠むことが悪いという意味ではなく、「山月記」において、中島敦はおそらく、その二点を批判しているだろうということを説明しておきたい。なぜなら、中島敦が作った漢詩の題材を見ると、貧困な生活、文名が揚がらない苦悩、病弱な身体、庭の草花や天上の星、公園で出会った外国人の娘、動物園で見た河馬など、いずれも中島敦の身近な事物や出来事が詠まれているからである。このような中島の詩観と「山月記」における袁傪の評価との差には、その二点の「欠ける所」が確認できる。

　また、袁枚は「随園詩話」において、「蓋士君子読破萬巻、又必須登廟堂、覽山川、結交海内名流、然後氣局見解、自然闊大、良友琢磨、自然精進」のような、良い詩を作るために廟堂に登り、山川を遊覧し、海内の名流と交りながら自分の眼界を広げる必要があると提唱している。このことは正に李徴が「詩によつて名を成さうと思ひながら、進んで師に就いたり、求めて詩友と交つて切磋琢磨に努めたりすることをしなかつた」などの後悔する内容と合致している。

　つまり、「格調高雅、意趣卓逸」のような詩には、理想化されている幻想のような部分が存在している。そのようなあまりに理想化された詩の世界において、李徴の本当の「性情」は表現し得ないだろう。むしろ李徴の性情とは正反対の、「詩人として名を成」そうとして作られた詩であろ

う。李徴は「芸術にとりつかれた人間」① というよりは、〈功利心にとりつかれた人間〉と言ったほうが適切であろう。

　前掲した「通常の世界」の価値観とは違う次元にある「病者の世界」の標準から見れば、李徴の詩が第一流の作品に入れないのは、「通常の世界」の競争に相応する「通常」の性情がないためである。そして、袁傪がそう評価したのは袁傪自身が「通常の世界」にいて、そして決して李徴の「病者の世界」に入り込むことができないからであろう。しかし、袁傪がはっきりと明言できなかったのは「通常の世界」の標準から見る時に理解不能の部分を曖昧に言うしかなかったからであろう。また、李徴が「己の詩業に半ば絶望した」のは、所謂性霊派が主張している自分の性情を詩に入れることができないからであろう。なぜなら、彼の「詩業」は「俗悪な大官の前に屈」しない、「詩家としての名」を遺す、いわゆる他人と社会に向かう創作だからである。しかし、「格調高雅、意趣卓逸」といった「高遠」な詩を作るのが李徴の本当の「性情」とは反対のため、その詩に入れている「性情」は病者の李徴が思い込んだ偽の「性情」になるだろう。袁傪は「通常の世界」の者として、李徴の詩を見る時に、「格調」と「意趣」と褒めたが、その捏造された偽の「性情」に対して、病者でない袁傪が「(非常に微妙な点に於て)」という曖昧な言い方をするしかない。なぜなら、袁傪は李徴の親友として、李徴詩における偽装の「性情」とその偽の「性情」がもたらした病的状態を、理解不能でありながらも、何となく感じ取れるからであろう。

● 第五項　「山月記」の漢詩について

偶因狂疾成殊類	偶狂疾に因り殊類と成る
災患相仍不可逃	災患相仍逃るべからず
今日爪牙誰敢敵	今日の爪牙誰か敢えて敵せん
当時声跡共相高	当時の声跡共に相高し
我為異物蓬茅下	我は異物と為る蓬茅の下
君已乗軺気勢豪	君は已に軺に乗りて気勢豪なり
此夕渓山対明月	此の夕べ渓山明月に対して

---

①　鷲只雄「『古譚』—物語の饗宴」(『中島敦『狼疾』の方法』有精堂、一九九〇年五月)

不成長嘯但成嘷　長嘯を成さずしてただ嘷を成す①

　一句目の「殊類と成る」、二句目の「災患相仍逃るべからず」は李徴の現在の状態を示している。三句目では、自分の虎となった姿が詠まれる。四句目はかつて袁傪とともに高官の時代を回想するように、急転換する。五句目と六句目は自分と袁傪との現状の比較である。ここでは最後の二句に注目する。まずは「渓山対明月」の解釈についてである。ちくま文庫刊行の『中島敦全集』の解釈と『国訳漢文大成　晋唐小説』に収録されている「人虎伝」の解釈とはいずれも「渓山明月に対して」になっているが、しかし、述語が目的語の前にあるという漢文の語順から見れば、「渓山」と「明月」とは相向かっていると解釈すべきであろう。また、宋の時代からよく言われている「雲月是同、渓山各異」（禅語）②　という「月」と「渓山」の対には、同じく月に照らされる渓山にはそれぞれ異なる趣がある」という意味が含まれている。即ち、同じ「明月」の下にいる李徴と袁傪はそれぞれ道が違っても、各自の道にはそれなりの風景があることを意味しているであろう。

　「不成長嘯但成嘷」の「但」は従来「ただ」と解釈されている、「ただ」でも。明月に向かって吠える虎が、「長嘯」はできないが、「嘷を成す」ことができるというのは、言い換えれば、「詩人として」出世できなかったが、声を出そうとしている、孤独でありながら、世間に向かって発声しようとする詩人の姿の描出と言えるだろう。李徴が袁傪に出会ってから「草中」で声を出して自己告白したが、最後の虎の姿を見せるまでの過程に、李徴が「我が醜悪の姿を示して、以て、再び此処を過ぎて自分に会おうとの気持を君に起させない為である」と言いながらも、虎の姿を月に下に現わすことは、虎である自己を認める一面もあるのではないか。

　このように最後の二句を解釈すると、同じ月の下にいる李徴と袁傪との違う生き方にはそれぞれの良さがあり、長嘯（詩家として出世し、世間に文名を残すことを指しているであろう）が出来なくても、外界に対して声を出そうとする〈虎の生き方〉を肯定的に解釈できるだろう。この

---

①　『中島敦全集　1』ちくま文庫、一九九三年一月
②　宋『禅宗頌古聯珠通集』

声は所謂李徴の生の声であり「曽ての李徴が生きてゐるしるし」として残る。

そこで、中島の漢詩における天体と人との関係を併せて考察すると、漢詩でも小説でも詩人が天体に発声する、もしくは自分の志を託すといったパターンになっている。漢詩に詠まれた輝く星に向かう詩人と、小説に書かれた月に吠える虎とは、創作時間の前後が分からない（星の詩の創作時間が未詳のため）が、両方は構図上、表現手法上では相似している点は指摘できる。

本節はまず中島敦の漢詩の特徴を分析しながら、漢詩に詠まれた詩人像と「山月記」における李徴像との類似性を確認した。そして李徴の〈心的病気〉とともに訪れた「発狂」は、李徴を「反俗」から「超俗」へ超越させ、「有用以外のもの」に変身させた。つまり、「通常の世界」を離れ、虎に変身したことは、李徴に俗世を逃れる（現実における挫折感と〈心的病気〉のために強制された変身かも知れないが）チャンスを提供した。

また、中島敦の蔵書にある詩論を確認しながら、作中の「欠ける所」の解明をも行った。また、「随園詩話」で語られた詩人の要素と併せて、詩人としての李徴の不足を指摘し、「随園詩話」の言説と「山月記」との類似点を考察した。

最後の虎の「嘷」こそが生の声として肯定されるべきという結論から、漢詩を振り返るときに注意すべき一点は、中島敦の漢詩の優劣はともかく、自分の心情を、たとえそれが生活・病気・不遇などの醜悪の面目であろうともありのままに詠んだこと自体は、詩人の生の声であり、それこそが袁傪が言った「欠ける所」を補完するものではないだろうか。

第二節　「名人伝」論—師の不在と他者に属する「名」

「名人伝」は一九四二年十二月に「文庫」に発表され、『列子』①「湯問第五　第十四章」の紀昌の物語から素材を得て創作されたものである。

---

①　小林信明『新釈漢文大系　二十二巻　列子』明治書院、一九六七年五月、以下の『列子』引用はこれによる。

趙の紀昌が「天下第一の弓の名人にならうと志を立て」、師・飛衛に射術を学んだが、「天下第一」になろうとした紀昌は師を殺そうとした。飛衛がその危機を解決して甘蠅という人を紹介し、紀昌は甘蠅のところで「不射之射」の技を見、そこで九年間学んで趙に帰って来て「至射は射ることなし」と言って、周りの人々に「弓を執らざる弓の名人」だと言われたが、最後に弓が何であるかすら忘れていた。

　この作品について、荒正人は「弓を忘れる」ことが「芸術の虚無主義を語った」①と批評し、吉田健一は「紀昌の精神」が「弓矢に」なった②と指摘している。佐々木充は紀昌の「自らを神に」（北方行）という極端的な「自我変革への希求」③だと強調し、大野正博は「名人の境地『枯淡虚静の域』そのものへの懐疑、（中略）俗世の価値観に対する懐疑、目標を達したとたんに訪れる虚脱の問題」、「中島の『列子』の相対的な幸福観への根本的な不信」④を提示した。また、奥野政元は「志の達成が、究極的には志の放棄によって完成する」⑤と言い、木村一信は「執着の極みは『無為』という自己放下にある」が、「一方では、明確にそこにみられる実体のない、不在感、虚無感を訴えようとし」⑥たと論じている。そのほかに、勝又浩は「"高く悟りて俗に還る"という、古来からの東洋的理想主義の一例」⑦という観点を示している。本節では、先行論の『列子』に対する中島の受容と「名人の境地」などの観点を踏まえ、「不射之射」と、甘蠅での九年間という空白、他者の目から見る「名」といった角度から作品を考察していく。

　まず、原典の『列子』と「名人伝」の関係を整理すると、甘蠅、飛衛と紀昌は『列子』「湯問第五　第十四章」に登場する人物であるが、三人の関係が「名人伝」と違う。

---

　①　荒正人「中島敦論」（『中島敦全集　補巻』月報「ツシタラ」五　文治堂書店、一九六一年四月）
　②　吉田健一　解説「人と文学」（『梶井基次郎・堀辰雄・中島敦集　現代文学大系　三十五』筑摩書房、一九六四年六月）
　③　佐々木充「『名人伝』—中島敦・中国古典取材作品研究（三）—」（「帯広大谷短期大学紀要」三号、一九六五年三月）
　④　大野正博「『名人伝』考」（『中島敦研究』筑摩書房、一九七八年十二月）
　⑤　奥野政元「名人伝」（「近代文学論集」五号、一九七九年十一月）
　⑥　木村一信「『名人伝』論—成立・〈志〉のゆくえをめぐって—」（『中島敦論』双文社出版、一九八六年二月）
　⑦　勝又浩「『山月記』と『名人伝』」（『中島敦の遍歴』筑摩書房、二〇〇四年十月）

第三章　「名」という生き方

　甘蠅は、古の善く射る者なり。弓を彀れば、獣伏し鳥下る。弟
子、名は飛衛、射を甘蠅に学びて、巧其の師に過ぎたり。紀昌と
いふ者あり、又射を飛衛に学ぶ。

　原典では、甘蠅は飛衛の師であり、飛衛は紀昌の師である。しかし、甘
蠅と紀昌とは師弟関係ではない。また、甘蠅の「不射之射」の妙技は原
典において「黄帝第二　第五章」における列禦寇（列子）が師の伯昏無
人から教わった内容である。これについて後述する。

● 第一項　師を殺める紀昌

　紀昌は飛衛の門に入って射術を学んだが、「天下第一」になるために、
師の飛衛を殺そうとした。その描写について、草稿と定稿における違いを
まず確認したい。草稿ではこう書かれいている。

　　最早師から学び取る何ものも無くなつた紀昌は、或日ふと良か
らぬ考へを起した。<u>(冒頭に述而不作などと宣言して了つた手
前、いやでも古書の本文通りに記述せねばならぬ羽目に陥つた。
さもなくば、寓話作者の・勝手自由な裁量によつて此の項を削り
去り、以て名人紀昌の道徳的純潔を保証したいのは山々なんだ
が。</u>) さて、といふのは、その時紀昌が秘かに独りつくづくと考
へるには、当今弓を以て己に敵すべき者は、師の飛衛をおいて外
に無い。天下第一の名人となるためには、どうあつても飛衛を除
かねばならぬと。（中略）さて、<u>(天が紀昌に与したものか、)</u> 飛
衛の矢が尽きた時、紀昌の方はなほ一矢を余してゐた。

　定稿では下線部が削除されている。この部分について、勝又浩は「こ
の話がなければ紀昌が紀昌である真価もなくなってしまうことを、作者は
よく承知している」、「『道義観』のことはともかくも、こうした心理が十
分あり得ることであることを、作者は確信していたに違いない」① と指摘
している。その一方で、草稿での創作の自由を以て師を殺める部分を削除
して紀昌の「道徳的純粋」を保証したいという説明から、紀昌を天下第

---

① 勝又浩「名人伝」（『Spirit 中島敦《作家と作品》』有精堂、一九八四年七月）

一のために他人を害しない、純粋な人物として造型しようとする作者の意図も窺えるのであろう。しかし、他人に認められなければ成立しない「名人」を描いた「名人伝」であるゆえに、「名」に対する執着心が変わらない紀昌は必ず「名」を追求するために他人と関係を結ばなければならない。但し、それは師を殺めることによって自らの「名」を得ようとしている極端的なやり方であった。この師を殺める場面について、佐々木充は「人間というものの信じ難さを、そしてまた、信じ得られないのではないか、とする人間の疑惑の悲しさ」① と、飛衛の心理を分析し、木村一信は「飛衛との対決は、紀昌の『志』の純粋さによって人間間の相剋の不透明さを吹きはらい、爽快さをも読み手に感じさせるものがある」という観点を見せている。しかし、今迄看過されたところとして、「（天が紀昌に与したものか、）」② という紀昌が飛衛を殺めて、最後に紀昌に一矢多く余った内容の前に書かれたこの一句はどう見ればいいか。「名人伝」全篇において、「不射之射」の技を持っている甘蠅老師と最後に弓を忘れた名人になった紀昌という不思議な人物像があっても、「天」という絶対的な存在の言及はここの一か所でしか見られない。しかも、定稿にはそれが削除され、現在の「名人伝」には「天」の要素がまったくない。その理由を考える際に、「山月記」と比較してみたい。

　　全く、どんな事でも起り得るのだと思うて、深く懼れた。しかし、何故こんな事になつたのだらう。分らぬ。全く何事も我々には判らぬ。理由も分らずに押付けられたものを大人しく受取つて、理由分らずに生きて行くのが、我々生きもののさだめだ。

虎になった原因を探ろうとした李徴はまず「さだめ」を考え出した。自分の不遇と虎への変身において、「さだめ」すなわち運命、天などの絶対的な、不可知なものが働いていると思われる。つまり、李徴の「名」と運命とは関係している。しかし、「名人伝」では紀昌に組する天が言及された後に、定稿で削除されたのは、作者が紀昌の「名人」に至る過程

---

① 佐々木充「『名人伝』―中島敦・中国古典取材作品研究（三）―」（「帯広大谷短期大学紀要」三号、一九六五年三月）

② 木村一信「『名人伝』論―成立・〈志〉のゆくえをめぐって―」（『中島敦論』双文社出版、一九八六年二月）

において、「天」という絶対的な存在を除こうとしていたからであろう。このような絶対的な存在を除くことが中島文学における「名人伝」の独特な点である。

　天いわゆる人間以上の絶対的な存在に対し、中島敦の各作品において取り扱われ方が違っている。初めて天に相似する存在が作品に言及されるのは「北方行」においてである。天という呼び方をしていないが、主人公の伝吉の神に対する苛立ちが描かれている。また、もう一人の主人公三造は宇宙を信頼できない、人間が関与できない地球の絶滅の運命、乃至自分の存在の非必然性までたくさんの問題を抱え込んでいる。初期の中島作品において、人間以上の絶対的な存在に対する認識はパスカルの哲学から来るものが多い。主人公の三造の世界観は常にパスカル調であったが、それが「狼疾記」になって初めて批判的にとられるようになる。「狼疾記」では、三造は相変わらず地球の絶滅、偶然と必然などの存在の不確かさを信じ込むが、作品の後半部にはある変化が見られる。それは地球の運命や自分自身の存在についての内容より、そのような形而上学的な煩悩を抱え続けるということが自分の性情にまでなっていくため、その性情から自分を脱出させるための試みであり、すなわち自ら実生活の行動力に欠けている問題を自覚したことである。その自覚によって、絶対的な存在や運命に対する考え込みは或る程度緊迫でなくなったと言えよう。

　しかし、中国古典に取材した中島作品となると、例えば前述した「山月記」の偽りの性情による李徴の変身の原因を探る際、先に言及されたのは「さだめ」であるが、「さだめ」の性質は「北方行」における神のとは違うように見える。「山月記」における「さだめ」は不可知なものであり、人間が知りかねる存在であるのに対し、「北方行」では主人公の伝吉の性格における凶暴さが或る程度神に対する苛立ちに変質したようにも読み取れよう。また、「山月記」においても、「狼疾記」の行動力に似ている「切磋琢磨」などの詩作のための努力不足という節が綴られている。こういう経緯で「名人伝」に至ったとなると、「天」という不可知でありながらも絶対的な力を持っている存在を、作者が抹消したことには、紀昌、甘蠅との関係と他者の評価など、人間という部分を集中的に描こうとしているからであろう。

● 第二項　「不射之射」について

「名人伝」に描かれた「不射之射」は原典『列子』における「湯問第五　第十四章」甘蠅の物語ではなく、「黄帝第二　第五章」の伯昏無人の技である。

> 列禦寇、伯昏無人の為に射る。之を引くこと盈貫、杯水を其の肘上に措いて之を発ち、鏑矢りて復沓み、方に矢りて復寓す。是の時に当たりてや、猶ほ象人のごとし。伯昏無人曰く、是れ射の射なり、射せざるの射に非ず。当に汝と高山に登るべし。危石を履み、百仞の淵に臨んで、若能く射んか、と。是に於て無人遂に高山に登り、危石を履み、百仞の淵に臨み、背に逡巡し、足は二分垂れて外に在り、禦寇に揖して之を進ましむ。禦寇地に伏し、汗流れて踵に至る。伯昏無人曰く、夫れ至人は、上青天を窺ひ、下黄泉に潜み、八極に揮斥して、神気変ぜず。今汝怵然として恂目の志有り。爾中つるに於て殆きかな、と。

原典において、「至人」になるための「上青天」でも「下黄泉」でも「神気変ぜず」という、どんな環境でも動じない心気が要求されている。つまり、精神的な強さである。それに対し、「甘蠅が、やがて、見えざる矢を無形の弓につがへ、満月の如くに引絞つてひようと放てば、見よ、鳶は羽ばたきもせず中空から石の如くに落ちて来るではないか」という「名人伝」の描写では、甘蠅の「不射之射」が行為として、無形の弓で無形の矢を放ったという技として表現されている。

甘蠅の「不射之射」の技を見た後に、紀昌が九年間の修業を始めた。「不射之射」について、山敷和男は「物我、有無、存在非存在をこえた境地である。存在非存在の彼方に住するから、弓矢を用いずして射ることができる」① と指摘している。渡邊ルリは紀昌が「甘蠅の如く『不射之射』を会得することができず、絶望に至る方向性を、中島は示唆している」②

---

①　山敷和男　「中島敦の『名人伝』の世界」（「中国古典研究」十五号、一九六七年十二月）

②　渡邊ルリ　「中島敦『名人伝』論：『射の精神』を問う『寓話』（「Asia：社会・経済・文化：society, economy and culture」一号、二〇一一年）

第三章　「名」という生き方

という「芸道の深淵」に関する解釈を提示している。しかしながら、もし「芸道の深淵」に絶望したのであれば、なぜ紀昌が邯鄲に帰らずに甘蠅のところに九年間もいたのだろうか。そして、「芸道の深淵」を見たが、結局甘蠅のもとで一体「不射之射」の技を学得できたのか？ これらの質問を解答するために、紀昌が九年後に邯鄲に戻った後の描写を見る必要がある。

　　紀昌の家に忍び入らうとした所、塀に足を掛けた途端に一道の殺気が森閑とした家の中から奔り出してまともに額を打つたので、覚えず外に顛落したと白状した盗賊もある。

また、草稿では、次のように描かれている。

　　まともに額をうつたので覚えず外に顛落したと白状した盗賊もある。彼の家の上を飛ぶ鳥共は、何者かの気にあてられて忽ち地に墜ちるといふ。

甘蠅の「不射之射」の技について、清水雅洋は「甘蠅老師も気魄で鳶を落としたのだろう。或いは甘蠅老師は気功術の名人だったのかもしれない」① という見解を示している。定稿にて削除された傍線の「何者かの気にあてられて」という紀昌の技も「気」で射るような技であるように見える。また、定稿にも「一道の殺気が森閑とした家の中から奔り出してまともに額」を打たれた盗賊の描写がある。つまり、紀昌が九年後に甘蠅の「不射之射」の技を学び取り、「気」で射ることができるようになったのであろう。

● 第三項　九年の空白

紀昌は甘蠅の技を学得して邯鄲に戻って来たが、甘蠅のもとでの九年間について何も語らなかった。

　　九年の間、紀昌は此の老名人の許に留まつた。その間如何なる

---

①　清水雅洋「『名人伝』究極の芸道」（『求道者の文学　中島敦論』文芸社、二〇〇二年一月）

修業を積んだのやらそれは誰にも判らぬ。九年たつて山を降りて来た時、人々は紀昌の顔付の変つたのに驚いた。以前の負けず嫌ひな精悍な面魂は何処かに影をひそめ、何の表情も無い、木偶の如く愚者の如き容貌に変つてゐる。久しぶりに旧師の飛衛を訪ねた時、しかし、飛衛はこの顔付を一見すると感嘆して叫んだ。之でこそ初めて天下の名人だ。我儕の如き、足下にも及ぶものでないと。

この九年間について注意すべきことは二点ある。一つは、「不射之射」を見せた後から作品の終りまで、甘蠅が再び姿を現さない、飛衛が紀昌に甘蠅を紹介したが、紀昌が戻って来た時に甘蠅について一言も言及しないことであり、二つは、飛衛は弓の名手として、九年後の紀昌の射術を見ていなかったのに、紀昌の表情だけで「之でこそ初めて天下の名人だ」と断定することである。つまり、紀昌が「天下の名人」になったかどうかを判断する飛衛の基準は紀昌の表情である。また、人々は噂で伝聞されていることだけを以て紀昌を「天下の名人」だと深く信じている。では、九年間に紀昌がどのように修業していたか。それを解明するには九年の修業と関連しそうな原典『列子』「黄帝第二　第三章」の内容を参考する必要がある。次は列子が「老商氏」を師にして九年間修業していた内容である。

　　列子、老商氏を師とし、伯高氏を友とし、二子の道に進して、風に乗つて帰る。（中略）将に汝に夫子に学ぶ所の者を告げんとす。吾の夫子に事へ若きの人を友としてより、三年の後、心敢て是非を念はず、口敢て利害を言はず、始めて夫子の一眄を得たるのみ。五年の後、心庚に是非を念ひ、口庚に利害を言ひて、夫子始めて一たび顔を解いて笑へり、七年の後、心の念ふ所に従つて庚に是非無く、口の言ふ所に従つて庚に利害無くして、夫子始めて一たび吾を引き、席を並べて坐せり。九年の後、心の念ふ所を横にし、口の言ふ所を横にして、亦我の是非・利害を知らず、亦夫子の我が師たり、若きの人の我が友たるを知らず、内外進きぬ。而る後に眼は耳の如く、耳は鼻の如く、鼻は口の如くして、同じからざる無し。心は凝り形は釈け、骨肉都て融けて、形の倚る所、足の履む所を覚えず。風に随つて東西すること、猶ほ木葉

幹殻のごとく、竟に風我に乗るか、我風に乗るかを知らず。

　このような修業では、師・老商氏と友・伯高氏と一緒に過ごした九年間に、列子はほとんど師と友との交流が見えず、ただ師の存在、友の存在を対象に、自分の心を鍛えたという修業方法が綴られている。つまり、師から直接に教わったことがなく、修業の九年間には自分の師と友を参照の対象にし、自ら悟ったのである。「名人伝」における紀昌の九年修業と『列子』のそれとは違っている。「名人伝」では、甘蠅の「不射之射」の技を見た後に九年間修業していたが、しかし紀昌が九年後に邯鄲に戻った時に言ったのは「至射は射ることなし」という言葉である。つまり、「不射之射」という技ではなく、修業から帰って来た紀昌は射ることを為さず、そして為さざることを「至射」としている。この発言は明らかに甘蠅に教わる「不射之射」とは違っている。また、『列子』では、上記のように、列子が師と友と一緒にいた九年間に、ほとんど自ら悟ったということから見ると、原典では、列子が何かの技を学ぶために師のもとに九年間にいたわけではなく、自らの精神的な成長のために師と友を日々見ながら自らの進歩を図ったことが分かる。

　そして、「至射は射ることなし」と晩年の「既に、我と彼との別、是と非との分を知らぬ。眼は耳の如く、耳は鼻の如く、鼻は口の如く思われる」という述懐から見ると、「天下の名人」になるための射るという行為や形式が紀昌に捨てられたと言えよう。そのかわりに精神的な成長が甘蠅を辞してから邯鄲に戻ってきた後の紀昌の発言から見られる。それに、さらに注意しなければならないのは、紀昌の発言が甘蠅を辞してからの発言であり、また、紀昌が達した「眼は耳の如く、耳は鼻の如く、鼻は口の如く」という境地が晩年になってからということである。つまり、紀昌の「至射は射ることなし」という言葉は甘蠅の教えではなく、また、晩年になってから、紀昌が「至射」のうえでさらに深く悟って、「我と彼との別」「を知らぬ」のような新たな認識を持つようになったのである。そのような成長はすべて師の不在の状態で生まれたものである。

● 第四項　他者から見た「名」

　前項で分析したように、「天」の要素が紀昌の生の中で除かれ、また紀昌が悟ったのは師がいないときであった。つまり、中島のほかの作品と比

べた時に、「名人伝」の特徴として、天の不在と師の不在という二点が挙げられる。その一方で、紀昌の「名」を伝聞で認めた邯鄲の人々にも注目すべきである。特に、紀昌が「至射は射ることなし」と言った後の邯鄲人の反応が興味深い。

> 成程と。至極物分りのいい邯鄲の都人士は直ぐに合点した。弓を執らざる弓の名人は彼等の誇となつた。紀昌が弓に触れなければ触れない程、彼の無敵の評判が愈々宣伝された。様々な噂が人々の口から口へと伝はる。毎夜三更を過ぎる頃、紀昌の家の屋上で何者の立てるとも知れぬ弓弦の音がする。名人の内に宿る射道の神が主人公の睡つてゐる間に体内を脱け出し、妖魔を払うべく徹宵守護に当つてゐるのだといふ。彼の家の近くに住む一商人は或夜紀昌の家の上空で、雲に乗つた紀昌が珍しくも弓を手にして、古の名人・羿と養由基の二人を相手に腕比べをしてゐるのを確かに見たと言ひ出した。その時三名人の放つた矢はそれぞれ夜空に青白い光芒を曳きつつ参宿と天狼星との間に消去つたと。(中略)雲と立罩める名声の只中に、名人紀昌は次第に老いて行く。既に早く射を離れた彼の心は、益々枯淡虚静の域にはひつて行つたやうである。

「何の表情も無く、木偶の如く愚者の如き容貌」をして邯鄲に戻って来た紀昌を見たとたん、かつての師・飛衛は「之でこそ初めて天下の名人だ」と紀昌の「名」を認めた。そして、さらに皮肉的なことに、邯鄲の人々は紀昌を射の名人として迎え、射術を見たい願望が叶わなかったとしても、紀昌の噂を拡散していた。それらの噂には「射道の神」が紀昌の体内から「脱け出し」たとか、「紀昌が珍しくも弓を手にして、古の名人」と腕比べしたといった伝聞があるが、しかし、それは「射を離れた」紀昌の「心」とはまったく別世界での出来事のように、紀昌の周りに流れている。それらの伝聞はただ邯鄲の人々が望んでいる「名人」の理想像のみであり、紀昌がかつて望んでいた「天下の名人」像であったろうが、「至射は射ることなし」と言った紀昌にとっての名人像ではないだろう。なぜなら、この時点での紀昌はむしろ射という名人になる手段を捨てようとしたが、人々が紀昌が捨てた手段に執着しているからである。

第三章　「名」という生き方

　「山月記」では、李徴の詩名は常に世間と関わり、世間に左右されているように書かれているが、「名人伝」では、他人の評価と紀昌の形象との距離が遠く設定されている。かつて「俗衆の賞賛」が「百万の援軍」（「北方行」第四編）として感じた主人公・三造の「俗物に対する憑依心」がここで除かれ、むしろ紀昌の形象を考える時に除外しなければならない要素になったのである。このような他者の間にいる主人公の位置の変遷から見ると、「名人伝」では他人と紀昌との遠い距離についての設定を通して、紀昌の独自性・主体性が保持され、確保されているように考えられよう。

　その一方で、紀昌が「名」に対する態度はどうであろう。飛衛に学んだ後に師を殺めようとし、甘蠅の「不射之射」を見た後に九年間修業していたことはすべて「天下第一の弓の名人」になるための努力である。九年後に戻ってきた紀昌は人々の質疑に対して「至射は射ることなし」と言ったのは、まだまわりに対して反応を示していた頃である。しかし、老年の紀昌は「我と彼との別」を知らなくなり、弓とは何かをすら忘れてしまうのは、紀昌がすでに他人の中で自分の名を確認しなくなるからであろう。そして、文末の「画家は絵筆を隠し、楽人は瑟の弦を断ち、工匠は規矩を手にするのを恥ぢたということ」は一層紀昌の名と他者の評判との距離を遠く離させたのであろう。「名人伝」において、他人の「名」に対する盲目的な認定や追随が風刺されつつ、こういった紀昌の「名」に対する態度の変化も窺える。

● 第五項　作者の言葉

　草稿の冒頭では「（述而不作と孔夫子は言ふ。私もその顰みに倣はうと思ふ。創意無しとの批判は甘んじて受けよう。ただ、この話の真実なことだけは信じて頂きたい。）」という一文が書かれている。勝又浩はこの文について「知的な遊びである半面、その根本のところは真面目な、作者の人間観の披瀝であるのだということを、いくぶんの謙遜をもって言ったわけである」①と解釈している。また、紀昌が師を殺めるシーンを描いた草稿には、「（冒頭に述而不作などと宣言して了つた手前、いやでも古書の本文通りに記述せねばならぬ羽目に陥つた。さもなくば、寓話作者の・

---

① 勝又浩「名人伝」（『Spirit 中島敦《作家と作品》』有精堂、一九八四年七月）

勝手自由な裁量によつて此の項を削り去り、以て名人紀昌の道徳的な純潔を保証したいのは山々なんだが。）」という文があり、そして紀昌の晩年について、定稿では「無論、寓話作者としてはここで老名人に掉尾の大活躍をさせて、名人の真に名人たる所以を明らかにしたいのは山々ながら、一方、又、何としても古書に記された事実を曲げる訳には行かぬ。実際、老後の彼に就いては唯無為にして化したとばかりで、次の様な妙な話の外には何一つ伝はつてゐないのだから」という文が書かれている。つまり、「私」の本意は師を殺めるシーンを削除して「紀昌の道徳的な純潔を保証したい」ことと、晩年の紀昌の「掉尾の大活躍」で「名人の真に名人たる所以」を世間に見せることにある。しかし、「述而不作」という方法に従う以上、それらの内容が作品に織り込むことが許されない。

　しかし、「述而不作」に従って、書きたいことを書けないと言っている「私」は実は最初から原典と違っている設定―甘蠅が紀昌の師として登場する（原典において、甘蠅は飛衛の師、飛衛は紀昌の師であるが、甘蠅と紀昌とは関係がない）―を作品の前提として「作」られている。それゆえ、紀昌は飛衛を殺めなければならない。そうしないと、紀昌は甘蠅と会えなくなり、物語が成立しないからである。そして、師の甘蠅がいない期間に、紀昌は「至射」のことを悟り、晩年に至って「我と彼との別」を区別しなくなったため、掉尾では紀昌の「大活躍」を加えれば矛盾になり、つまり紀昌が「無為」の中で一生を終えるしかない。「名人伝」の創作方法に関して、「述而不作」が提示されているが、紀昌の「名」とかかわる一生を描出するために、「述而不作」という方法では満足できない。むしろ「述而作」という新しい方法を提出しているように考えられるのであろう。この方法は早く創作された「山月記」、「悟浄歎異」や「弟子」にもすでに使われている。

第四章　師弟関係について

第一節　「悟浄歎異」論—「結果論」に予言された悟浄変身の敗北

　「悟浄歎異」は『わが西遊記』の一作として、一九四二年の中島敦の作品集『南島譚』①に収録されている。主人公の沙悟浄は唐三蔵、孫悟空と猪八戒を観察し、他者の特質を「歎異」しながら、自らの変身を図る。

　中島敦が創作時に参考した西遊記について、すでに佐々木充の論文で明らかにされたように、「悟浄出世」の一部も「『悟浄歎異』に引用されている文も『絵本西遊記』の表記一部変更と思われる」②ため、中島敦が一九一八年有朋堂文庫刊行の『絵本西遊記』③を参考したことがわかる。『わが西遊記』について、一九四一年五月八日の田中西二郎宛ての手紙では、中島敦は「世界がスピノザを知らなかつたとしたら、それは世界の不幸であつて、スピノザの不幸ではない、といふ考へ方は瘦我慢だと思ひますか？　とにかく、僕は、そんな積りでもつて、西遊記（孫悟空や八戒の出てくる）を書いてゐます、僕のファウストにする意気込みなり。どうして日本支那の文学者は、此の材料に目をつけなかつたのかな？」④と書いた。また、同年の六月に深田久弥宛ての書簡では、作者は「南洋へ行く前に書き上げようと思つて、西遊記（孫悟空や八戒の出てくる）を始めてみますが、一向にはかどりません、ファウストやツァラトゥストラな

---

　①　中島敦『南島譚』今日問題社、一九四二年十一月
　②　佐々木充「『わが西遊記』の方法—その一・「悟浄出世」諸キャラクターの本体探索—」（「帯広大谷短期大学紀要」四号、一九六七年七月）
　③　塚本哲三『絵本西遊記』有朋堂文庫、一九一八年十一月
　④　「書簡」（『中島敦全集　第三巻』筑摩書房、二〇〇二年二月）

ど、余り立派すぎる見本が目の前にあるので、却つて巧く行きません」①と書いた。

　二〇〇一年筑摩書房刊行の『中島敦全集』の解題によれば、「悟浄歎異」の現存原稿は草稿と浄書原稿があり、浄書原稿の末尾に「昭十四・一・十五」（一九三九年・筆者注）と書かれたが、赤鉛筆で消されている。「赤鉛筆が誰の手によるものか判定しがたいが、また、確定にはさまざまな問題があるが、一応執筆時期を推定する手掛かりではあろう」、また「浄書原稿と同種の原稿用紙」「及び書体からだけみれば南洋から帰国後の仕事だと推測したい」② とされている。「悟浄歎異」の創作時間について、先行論では、佐々木充③と濱川勝彦④は浄書原稿に記された「昭十四・一・十五」が脱稿日だとされ、「悟浄歎異」が書かれた一九四一年までの作者の空白に注目して論じている。また、勝又浩⑤と藤村猛⑥は「昭十四・一・十五」が『悟浄歎異』の構想時間であると指摘している。そのほか、丸尾実子は記された日付が「作品に描かれている登場人物の精神の最終的な到達点」を記した「虚構」⑦ の日付だと指摘している。以上の先行研究をまとめると、浄書原稿の末尾に記された「昭十四・一・十五」が脱稿日であれ、作中人物の精神到達点と一致させるための「虚構」の日付であれ、中島敦は一九三九年から「西遊記」に注目し、『わが西遊記』を構想しはじめることは確定できた。そして、先行論にあるように、一九四一年南洋行前の中島敦の書簡から『わが西遊記』の創作がはかどらなかったことがわかり、また、草稿と浄書原稿の異同から見られる中島敦の三年にわたる創作から、一九三九年から一九四二年までの三年間が「悟浄歎異」の構想、創作時間であると確定できる。

　発表された翌年に、佐々木基一は「ただ『悟浄歎異』になるとちょつと困る。行動者の譬喩とくにこの孫悟空は、融通無礙な悟りの譬喩としての三蔵法師、それらは作者の精神の譬喩として以上の何ものでもないので

---

　① 「書簡」（『中島敦全集　第三巻』筑摩書房、二〇〇二年二月）
　② 勝又浩「解題」（『中島敦全集　第一巻』筑摩書房、二〇〇一年十月）
　③ 佐々木充「『悟浄歎異』―変身への願望―」（『中島敦の文学』桜楓社、一九七三年六月）
　④ 濱川勝彦「悟浄歎異」（『中島敦の作品研究』明治書院、一九七六年九月）
　⑤ 勝又浩「『わが西遊記』」（『Spirit 中島敦　作家と作品』有精堂、一九八四年七月）
　⑥ 藤村猛「悟浄歎異」（『中島敦研究』渓水社、一九九八年十二月）
　⑦ 丸尾実子「『わが西遊記』の成立」（「成城文芸」一六二号、一九九八年三月）

第四章　師弟関係について

ある。自意識の本来の機能はすつかり停止してゐるのに、自意識の苦悶はどこにも見出せないのに、ただ自意識に悩まされてゐるといふ意識だけが残つてゐる」①、深田久弥は「中島君の痛烈な過剰の自意識を遺憾なく現したもので、是非諸君にも読んでいただきたい秀れた作品である」② とそれぞれ評価している。その後の研究では、「作者の懐疑の激しさと真摯な人生への追求の純粋」③、「これは一種小型の人間形成小説（ビルドウングスロマン）である」④、「希望の光は、それまでの小説には全く見られないものであったこと」⑤ と、「めずらしく肯定的な心情に満ちている」⑥ という作者が主人公の悟浄にこめた「肯定的」な心情が多く論じられている。また、主題について、「悟浄は悟浄たることをやめ得ないという、作者自身の宿命的な観念の激しさ」と「強い自我嫌悪」⑦、「中島の『歎異』とは、（中略）『おのれと異なるものの存在するこの宇宙の不思議さに感歎する』意である」⑧、「悟浄にとって人間の発見の手記という意味のもの」⑨ などの論述が行われている。その他、南洋行との関係、パスカルからの受容⑩の面からの考察もある。「悟浄歎異」が中島敦の南洋行を挟んで三年間にわたって構想、創作された作品であるため、中島敦の南洋行前後の変化を考察する上では意味が大きい。草稿と浄書原稿の異同について、丸尾実子は「南洋から帰国して作家として立つ決意をした中島は、末尾が欠けたままになっていたこの作品を清書し、欠けていた箇所に決意をみなぎる筆遣いで〈点火〉を書き入れ、自信の「ファウスト」である『わが西遊記』を

---

① 佐々木基一「近頃面白かつたもの」（「現代文学」一九四三年四月）
② 深田久弥「故中島敦君」（「文学界」一九四三年七月）
③ 平林文雄「わが西遊記」（『中島敦・梶井基次郎』角川書店、一九五九年十二月）
④ 福永武彦「中島敦　その世界の見取図」（『中島敦・梶井基次郎』角川書店、一九五九年十二月）
⑤ 沢田美代子「中島敦の世界―『わが西遊記』への過程」（「大阪府立大学紀要　人文・社会科学」十号、一九六二年三月）
⑥ 奥野政元「『悟浄歎異』―認識者の抗弁」（『中島敦論考』桜楓社、一九八五年四月）
⑦ 沢田美代子「中島敦の世界―『わが西遊記』への過程」（「大阪府立大学紀要　人文・社会科学」十号、一九六二年三月）
⑧ 佐々木充「『悟浄歎異』―変身への願望―」（『中島敦の文学』桜楓社、一九七三年六月）
⑨ 高橋英夫「感受性の旋回―『わが西遊記』」（『中島敦全集　第一巻』筑摩書房、二〇〇一年十月）
⑩ 木村一信「『悟浄歎異』―成立への過程・パスカルの受容」（『中島敦論』双文出版社、一九八六年二月）

第二部まで完成させたのではないだろうか」① と南洋行後の浄書原稿に書き足された「点火」部分②の意味を指摘している。また、「悟浄歎異」と南洋行との関係について、杉岡歩美は「〈南洋行〉は、中島に自己を客観視する時間を与え」、「〈南洋行〉を通して（中略）悟浄を肯定する作品として『悟浄歎異』を呈示した」③ と論じている。本節では先行研究における南洋行前後の異同の意味と南洋行の意味を踏まえ、南洋行後に追加された「点火」の末尾部分を分析し、その書き足しの意味を再考察したい。

　「悟浄歎異」は孫悟空が八戒に変身術を教える場面から始まっている。八戒の変身失敗に対し、悟空は八戒の「気持の統一がまだ成つてゐない」ことを批判したが、八戒は「そりやひどいよ。それは結果論ぢやないか」と、「結果からだけ見て原因を批判する」悟空に反論した。奥野政元は「悟空と八戒は根本的に異な」っている、「事実（結果）を前にして、意志や努力を無に帰していく冒頭場面の意味は重い」④ と示唆的に指摘している。この変身術から始まり、悟浄は悟空、三蔵と八戒を観察しながら、悟空に学ぶと決心をつけたが、作品の最後まで悟空に学ぶ場面は一つもなかった。先行研究では悟浄にこめた作者の「肯定的な心情」、「希望の光」が論じられてきたが、しかし「肯定」的に描かれた悟浄の観察と学びの不徹底さも同時に指摘できるだろう。それは作品冒頭の「結果論」によってすでに暗示している。「結果論」とは「結果からだけ見て原因を批判する」ことを指しているが、それは悟空の変身術においてだけではなく、後文の悟浄の観察方法と彼の思考回路とも関係があると考えられる。本節は「悟浄歎異」における「結果論」と悟浄の考え方との関係を明かにすることを目標とする。

---

　① 丸尾実子「『わが西遊記』の成立」（「成城文芸」一六二号、一九九八年三月）
　② 草稿では「己は起上つて、隣に寐てゐられる師父の顔を覗き込む。暫くその安らかな寐顔を見、静かな寝息を聞いてゐ」で終わり、南洋行後の浄書原稿では「暫く其の安らかな寝顔を見、静かな寝息を聞いてゐる中に、俺は、心の奥に何かがポツと点火されたやうなほの温かさを感じて来た」と書き足された。
　③ 杉岡歩美「『悟浄歎異』『悟浄出世』考―中島敦と〈南洋行〉―」（「同志社国文学」六十号、二〇〇四年三月）
　④ 奥野政元「『悟浄歎異』―認識者の抗弁」（『中島敦論考』桜楓社、一九八五年四月）

第四章　師弟関係について

● 第一項「結果論」の提起

　冒頭場面の悟空が八戒に変身術を教える場面は原典の『絵本西遊記』にはなかった。悟空が八戒に変身術を教え、悟浄が傍で見ていた構図について、佐々木充は「悟空はまさに純粋行為者であり、八戒はそうなることを願望する者であり、悟浄は願望しつつ、いまだに思う者、歎異する者なのである」①と指摘している。「悟浄歎異」というタイトルからもこのような構図が窺える。「悟浄学芸」（芸を学ぶ）ではなく、「悟浄歎異」というテーマは悟浄の徹底した観察者の立場を示したのであろう。観察者として悟浄は作品の冒頭では、八戒が変身を学ぶ場面を見、悟空の変身術についての論説を聞いた。悟空は「結果論」を提示し、八戒の「気持の統一がまだ成つてゐない」と叱ったが、しかし、八戒は悟空の呵責に対して「そんなことはない。これ程一生懸命に、龍に成り度い龍に成り度いと思ひ詰めてゐるんだぜ。こんなに強く、こんなにひたむきに」と弁明した。

　　法術の修業とは、斯くの如く己の気持ちを純一無垢、且つ強烈なものに統一する法を学ぶに在る。（中略）つまり、人間には関心すべき種々の事柄が餘りに多い故に精神統一が至難であるに反し、野獣は心を労すべき多くの瑣事を有たず、従つて此の統一が容易だからである、云々。

　悟空によれば、「或るものに成り度いといふ気持ちが、此の上無く純粋に、此の上無く強烈であれば、竟には其のものに成れる。成れないのは、まだ其の気持が其處迄至つてゐないから」である。そして「お前といふものが消えて了へばいいんだ」という要求と併せると、変身術は至高の精神統一と自己の消失との結果である。八戒の変身術も悟浄の自己変革もこの二つの要求を満たさなければならない。
　悟空像について、奥野政元は「一歩でも近付き得るものとしての悟空像ではなく、むしろ無限に遠ざかっていく完璧な個性としての形象を意図

──────────
　①　佐々木充「『悟浄歎異』─変身への願望─」（『中島敦の文学』桜楓社、一九七三年六月）

093

したかの特色が見られる」と述べ、そして、「悟空を讃美し、学ぼうとする願いを持ちながら、実はそのただ中で悟空になりきることを拒絶しているのではないか」① と論じている。すなわち、悟空と悟浄との違いは悟空として生まれたか、悟浄として生まれたかという差にある。最初から悟浄は悟空のようになれないに決まっている。これを前提として作品全体を見渡すと、冒頭における悟空が要求した精神統一と自己の消失という変身術の要求は、八戒にも悟浄にも実現不可能なように設定されている。悟浄が悟空のような行動者になろうとしたが、結局変身できないままで、ただ悟空に学ぶ決心をつけたところで終わっている。すなわち、悟浄の変身失敗は最初の「結果論」によってすでに暗示されている。

● 第二項　悟空に「圧倒」された悟浄

　　悟空は確かに天才だ。之は疑ひ無い。それは初めて此の猿を見た瞬間に直ぐ感じ取られたことである。初め、赭顔・鬚面の其の容貌を醜いと感じた俺も、次の瞬間には、彼の内から溢れ出るものに圧倒されて、容貌のことなど、すつかり忘れて了つた。今では、時に此の猿の容貌を美しい（とは云へぬ迄も少なくとも立派だ）とさへ感じる位だ。

　悟浄は悟空を見た瞬間から、悟空が「天才である」と「感じ取」った。そして「天才」だと断定するこの一文は悟空を讃美する箇所の前に書かれている。つまり、悟空の智慧や才能を讃美する前に、悟浄はすでに悟空に「圧倒されて」いたのである。ここから、「大きな」相手を前にして、盲目的に見上げる悟浄像が窺える。奥野政元の論文では、「この後にひき続く悟空讃美は、いつかは自分も成り得る理想として形象されているのではなく、むしろこの事実そのものに対する驚歎でもあろう」、また悟空讃美の内容について、「この努力や意志にかかわるよりは、生まれつきの性質にかかわっている」② と論じられている。つまり、悟浄は悟空を一つの事実あるいは結果として見做している。悟空が現在の悟空になるまでの努力は悟浄の「歎異」する対象ではない。また、悟空讃美の部分には「天

---

① 奥野政元「『悟浄歎異』―認識者の抗弁」（『中島敦論考』桜楓社、一九八五年四月）
② 奥野政元「『悟浄歎異』―認識者の抗弁」（『中島敦論考』桜楓社、一九八五年四月）

第四章　師弟関係について

才」と「天才的」のような言葉がある。「天才」のような生まれつきの性質という要素があるため、悟空のように成り得ない部分があるという前提が立てられている。

　しかし、中島が参考した原典『絵本西遊記』において、悟空の師父須菩提祖師は「悟空が才智衆に秀でたるを知らせ給ひ」と悟空の才智を認めるが、「去程に孫悟空は、洞の中に在りて道を学び聴く事、覚えず六七年」、「祖師悟空を近くまねき、長生の妙道を委く授け給ふ。悟空（中略）日夜其術に工夫をこらし、又三年を過ごしける」、「爰において祖師、悟空が耳に口をつけ、七十二般の地煞変化の法を伝え給ふ。悟空一々是を伝授し、喜んで道法を練こと又三年、終に雲中を飛行せるの道を得たり。祖師是を見て示し給ふ、『汝が雲中に在るは、飛行せるにはあらず、是雲の中を爬ひあるく者なり。汝に筋斗雲の法を授くべし』とて又一つの秘方を伝へ給ふ。（中略）悟空また是を錬ること数年、既に功業完く備り、天地の間において妙道を究めずということなし」① という箇所に示されたように、「悟空が才智衆に秀でたる」という悟空の「天才的」な部分が言及されたが、更に多く言及されているのは悟空の長年の努力である。長生術と変身術をそれぞれ三年間練習し、筋斗雲の術を数年錬ったという悟空の十年以上の努力があってこそ、「天才的」な悟空は「功業完く備り、天地の間において妙道を究めずということなし」になったのである。つまり、「天才的」な悟空だけでは現在の悟空にはなれない。しかし、「悟浄歎異」において、悟浄の目に見えるのがただ悟空の「天才的」な部分であり、現在の悟空になるまでの悟空の努力が完全に除かれている。悟空が「天才」であると判断する悟浄の見方は正に「結果論」そのものである。

　悟浄は悟空を「天才」と見做し、そしてその戦い姿の「美し」さを讃美し、悟空の「驚くべき天才的智慧」を「何といふ相異だらう！」と「歎異」した。しかし、「天才」である悟空と「美し」く戦う悟空の姿に対する悟浄の盲目的な「歎」きとは違い、「文字の教養」において、悟浄は悟空との相「異」点に注目し始めたのである。文字について、川村湊が「悟空と悟浄の対比は、（中略）文字文化と無文字文化の対比、対立とし

---

① 塚本哲三『絵本西遊記』有朋堂文庫、一九一八年十一月

て考えてもよいだろう」①と論じている。悟浄がようやく自信を持って悟空と比べようとするのは「文字の教養」である。悟空の智慧を讚歎する時に、悟浄は「何といふ相異だらう！」と言った。つまり、前の二回の「歎異」には悟浄が自分にないもの（悟空的なもの）に対して劣等感を抱えたが、知識や文字が言及される時に、悟浄の姿勢がかわり、自負を持つようになった。

　そして悟空のもう一つの特徴が「歎異」された。悟空は他人の過去（因襲、世間的名声など）を認めない、そして自分の過去を語らない猿であるが、それを「不思議な力」だと「歎異」する悟浄は「悟浄出世」において、自分の過去や経験に身を縛られて、さらに存在の不確かさを懐疑しながらも、回答を見つけないままで逡巡していた。

　ただし悟空には忘れがたい体験が一つある。それが如来の五行山である。「世界が根柢から覆り、今迄の自分が自分でなくなった様な昏迷に、悟空は尚暫く顫へてゐた。事実、世界は彼にとつて其の時以来一変したのである」、「今迄の極度の増上慢から、一転して極度の自信の無さに堕ちた。彼は気が弱くなり、時には苦しさの餘り、恥も外聞も構はずワアワアと大聲で哭いた」、「悟空を解き放つて呉れた時、彼は又ワアワアと哭いた」、「実に純粋で、且つ、最も強烈な感謝であつた」などの描写は原典にはなかった。加筆された部分は悟空が五行山の下に押し込められる時の内面を描く部分である。悟空の世界の広さが制限され、「小さく凝集」するわけであるが、悟浄はそれに対して、「現在の悟空が、俺達から見ると、何と、段違ひに素晴らしい大きく見事であることか！」と「歎異」する。悟空にとってその体験が忘れがたくて苦しい体験であったが、その体験があってこそ、現在の悟空になれる。悟空の「怖ろしい経験」について、奥野政元は「悟空とは己を相対化するもののない、一元的な世界に生きているのだ」が、五行山では「自己相対化の重要な契機」②を得たと指摘している。

　原典『絵本西遊記』では、悟空が三蔵法師に救われた後にも、虎を殺して「天地の間にあらゆる物、我に敵する事決してあたはず」という増

---

①　川村湊「『西遊記』の世界」（『狼疾正伝　中島敦の文学と生涯』河出書房新社、二〇〇九年六月）
②　奥野政元「『悟浄歎異』―認識者の抗弁」（『中島敦論考』桜楓社、一九八五年四月）

上慢を言ったが、「悟浄歎異」では、悟空は自身に対する「無限の自信」から「極度の自信の無さ」まで落とされ、三蔵法師に救い出された後に「凝集」されて「小さくなつた」自己を発見できたのである。すなわち他者の介入による新たな自己認識が生じたのである。

● 第三項　三蔵という師

> 私は思ふに、我々は師父のあの弱さの中に見られる或る悲劇的なものに惹かれるのではないか。之こそ、我々・妖怪からの成上り者には絶対に無い所のものなのだから。三蔵法師は、大きなものの中に於ける自分の（或ひは人間の、或ひは生物の）位置を─その哀れさと貴さとをハツキリ悟つてをられる。しかも、其の悲劇性に堪へて尚、正しく美しい者を勇敢に求めて行かれる。確かに之だ、我々に無くて師に在るものは。（中略）あの弱い師父の中にあるこの貴い強さには、全く驚歎の外は無い。

身体が弱くて内心が非常に強い三蔵に対し、悟浄の態度は悟空に対する「讃歎」から「驚歎」に変わった。また、後文の「全く、悟空のあの実行的な天才に比べて、三蔵法師は、何と実務的に鈍物であることか！」、「あの病身と、禦ぐことを知らない弱さと、常に妖怪共の迫害を受けてゐる日々を以てして、なほ師父は怡げに生を肯はれる。之は大したことではないか！」という箇所から確認できるように、三蔵の弱い外形と強い内心を、悟浄は「驚歎」するのである。同じく「歎異」であるが、〈讃美〉と〈驚き〉との表現の差異から悟空と三蔵に対する悟浄の違う見方が窺える。

悟空と三蔵の相違点は両者の「内的」の広さである。悟空は無限な力量の持ち主であり、どんなことがあって一番先に行動するが、如来の五行山によって自分の力量が制限された時に「大聲で哭いた」。それに対して、三蔵は「外に途を求める必要が無い」くらいの強い内心を持っている。

悟浄の眼には、悟空と三蔵を互いに相手の優勢を知らずに「敬愛し合」っている。両者の優位性をよく観察して心得ている悟浄がいつも分析的な目線で他者を考察しようとする姿は、「結果論」に基づくのである。すなわち、三蔵や悟空の不思議な内的力量を評価した悟浄は、なぜその能力を

持っているかという原因分析をせずに、ただそれを結果として受け取り、その力量を「讃歎」、「驚歎」しながら、自分の変身意志を訴えているだけであった。そして、最も「結果論」的な内容は下記に示される三蔵と悟空の共通点に表されている。

> しかし、たつた一つ共通点があることに、俺は気が付いた。それは、二人が其の生き方に於て、共に、所与を必然と考へ、必然を完全と感じてゐる事だ。更には、其の必然を自由と見做してゐることだ。(中略) そして、この「必然と自由の等置」こそ、彼等が天才であることの徴でなくて何であらうか？

　三蔵と悟空の「現実の受取り方」は、生命に与えられる全ての「必然」(つまり自分に与えられる運命或は定まった結果) を抵抗なく受け取り、そしてそれが全てだと認識し、束縛や制限を感じず、ありのままに納得する。その方法はまさに「結果論」だと言える。原因や経過を検討せず、まず与えられる運命を受け取る二人の反面に立つ悟浄は、「悟浄出世」にもあるような自分の存在、世界の存在に深い懐疑を持つ者である。

　悟浄が悟空、三蔵と八戒を観察した経過の中に、常に自分の疑惑を極力抑制し、周りの三人を見るだけにし、何も深く考えないようにする傾向が見られる。つまり、結果を受け取ってから原因を批判するのではなく、悟浄は悟空などの一行を結果として見做し、なぜその三人とそんなに違うのかを考えずに、まず同行の三人との相違点を確認しようとしている。「結果論」は結果から出発するため、「結果論」に従えば、原因の探索をやめ、まず「結果」を懐疑なく、従順に受け取る必要がある。悟空と三蔵の生き方は自然に生きて行くのであり、またその自然を自由と見做し、従順に自分の運命を受け取るのである。彼らの生き方の裏には、自分に対する自信が現れてくる。しかし、悟浄は自分に対して不信であるため、自分の運命との衝突が起きるのであろう。

　原典『絵本西遊記』における「向に観音菩薩爰に来り給ひ、経を求むる長老の弟子となり、西天まで守護し功を立てなば、善果を得べし、と教へ給ふ」、「只々師父の身命を守護し、我徒が業果の満つるを待つばかりなり」との悟空の目的とは違い、「悟浄歎異」では、「悟空が三蔵に随つて遥々天竺迄ついて行かうといふのも唯この嬉しさ有難さからである。実

に純粋で、且つ、最も強烈な感謝であつた」。すなわち、弟子三人の以前に犯した罪と観音菩薩の教えが取り除かれ、単なる人と人との関係に収束されている。「悟浄歎異」は原典における弟子三人の罪滅ぼしのためのような教訓的なものではなく、三蔵法師が真の仏教経典を求めるための西遊とも関係なく、一人一人の性質についての検討であり、救われた悟空が三蔵法師を感謝し、守護するような純粋な関係を書いたものである。

また、悟浄と悟空との関係において、「彼の側にゐるだけで、此方までが何か豊かな自信に充ちて来る」と言った悟浄は、悟空に近づくことによって自分まで変化してくるように感じている。このような強者に寄り添うことは同じく師弟関係を描いた「弟子」にも描かれている。

　　ただそこに孔子という人間が存在するというだけで充分なのだ。少くとも子路には、そう思えた。彼はすつかり心酔してしまつた。門に入つていまだ一月ならずして、もはや、この精神的支柱から離れ得ない自分を感じてゐた。

そして、悟浄の不徹底な学びと同じように、子路は孔子の教えに対して自分が興味を持っている部分しか聞かなく、孔子がなぜ「偉大」な人間に成り得たのか、その原因を知ろうとしなかった。悟浄は三蔵と悟空という強者を模範とし、二人を観察したが、なぜ二人が現在の偉い人間になったのかを探索せず、ただ模範に近づこうとしている。しかし、悟浄自身が理解した悟空と三蔵は本当に正確なのかは疑問であろう。すなわち、悟浄の目に見える他者像とは、自分が見たい他者の一部分であり、自分が注目したい他者の一面でしかない。結果あるいは一つの事実として見做された悟空や三蔵は一面的な結果であり、悟空の努力や三蔵がどんな決心で西遊を始め、どのように現在の強い内心を鍛えてきたのかを探索しないのも悟浄が正しく二人を理解できなかったからであろう。また、師と弟子、強者と弱者との間には、学ぶと学ばれるという関係より、感情的な絆がもっと深い。特に三蔵と悟空との師弟関係において、悟空の感謝の気持ちは原典より更に濃厚に、純粋に昇華されたのである。

● 第四項　猪八戒を見る悟浄

次の観察対象に当たる猪八戒が登場してからすぐ此の世の「極楽」を

列挙した。「何と愉しげに、又、何と、数多くの項目を彼は数へ立てたことだらう！」と感歎した悟浄は世間を「楽しむ才能」に気付き始める。しかし、そこで一転して、「妙に不気味なものの影がちらりと覗く」。それは八戒に対する西遊の意義であり、また彼の享楽主義に潜んでいる「幻滅と絶望」である。しかし、悟浄は敢えて八戒の享楽主義の秘密を更に深く検討せずに、悟空に学ぶべきだと自分に言い聞かせる。ここで注目したいのは、草稿には「だが、八戒の享楽主義の秘密への考察は、後廻しにせねばならぬ」とあったが、浄書原稿では「だが、今は八戒の享楽過ぎの秘密への考察に耽つてゐる訳には行かぬ」と直されたところである。この異同について、奥野政元は、「この加筆訂正は重要である。この一文が入る事によって八戒は悟浄に近付くことになるからである。それは同時に、八戒像の独自性を、幾分弱めることにもなるであろう。ともかく、作品構造の上から言うならば、八戒の存在は、一種特異なものであって、扱い方によっては、分裂をも来たしかねない問題を含んでいると言えよう」① と指摘している。草稿と浄書原稿との異同から、悟浄は八戒の享楽主義の秘密がいつか解決しなければならない問題であることを自覚していたことがわかる。前述したように、作品全編に貫いた懐疑を極力抑制する悟浄の傾向はこれによっても証明できる。「三蔵法師の智慧や八戒の生き方は、孫行者を卒業してからのことだ」と言った悟浄は八戒の秘密考察をやめて悟空に学ぼうとする。つまり、悟浄が解決しようとする問題の順番は、行動力不足→智慧不足→享楽主義的な生き方問題になる。それで、悟浄はようやく視線を自身に移し、自己省察と自己反省をし始めた。

　　何も積極的な役割が無いのだ。俺みたいな者は、何時何処の世に生れても、結局は、調節者、忠告者、観測者にとどまるのだらうか。決して行動者には成れないのだらうか？

　西遊一行では最も特色を持っていない悟浄は、西遊以来の自分の役割を猛省し、自分の在り方と流沙河を出てからの進歩なさを強く責めるのである。しかし、悟浄の自己認識は結果からではなく、原因から出発している。自分に与えられたものを必然と思わず、他人の生き方を観察しなが

---

① 奥野政元「『悟浄歎異』—認識者の抗弁」(『中島敦論考』桜楓社、一九八五年四月)

ら、自己の不足を反省し、自分の変革方向を確かめるのである。悟浄の自己変革の可能性について、文末の「俺は、心の奥に何かがポツと点火されたやうなほの温かさを感じて来た」に提示されている。

● 第五項　文末の「点火」について

　夜。俺は獨り目覚めてゐる。（中略）寂しい。何かひどく寂しい。自分があの淋しい星の上にたつた獨りで立つて真暗な・冷たい・何にも無い世界の夜を眺めてゐるやうな氣がする。星と云ふ奴は、以前から、永遠だの無限だのといふ事実を考へさせるので、どうも苦手だ。（中略）其の時不図俺は、三蔵法師の澄んだ寂しげな眼を思ひ出した。（中略）今、ひよいと、判つたやうな気がした。師父は何時も永遠を見てゐられる。（中略）俺は起上つて、隣に寝てをられる師父の顔を覗きこむ。暫く其の安らかな寝顔を見、静かな寝息を聞いてゐる中に、俺は、心の奥に何かがポツと点火されたやうなほの温かさを感じて来た。

　最後のシーンで登場する悟浄は一人だけ目覚めている。寂しく思わせる天上の星は三蔵法師の眼を想起させ、悟浄の目に映った三蔵の「安らかな」寝顔は悟浄に「ほの温かさ」を与えた。三蔵の寝顔を見、寝息を聞いている中に感じてきた「ほの温かさ」は前文の「真暗な・冷たい」星とは対照的に描かれ、つまり、悟浄の視線は天上の「淋しい星」から隣に寝ている三蔵へと移り、冷たいものから温かいものへと移ったのである。それまでの「歎異」はただ「歎」くで終わったが、「ポツと点火されたやうなほの温かさを感じて来た」のような大きな変化が訪れたのは、悟浄が三蔵に影響された結果である。ここで注目したいのは、なぜ悟浄は悟空ではなく、三蔵に影響されて「ほの温かさ」を感じたのか。悟浄は悟空のように変身しようとしたが、実際に内心の強い三蔵に多く惹かれ、三蔵に寄り添いたがるのではないか。しかし、悟浄が三蔵に惹かれたから三蔵のようになりたいとは思えない。なぜなら、三蔵から感じた「ほの温かさ」は悟浄の変身成功を促すことができないからであろう。

　前述したように、三蔵の智慧は悟空に行動力を学んでからの問題であり、また悟浄が理解した悟空と三蔵は一面的であるため、悟空にまだ学んでいない悟浄は更に高いレベルにいる三蔵のことを正確に把握できないだ

ろう。しかし、悟浄にとっての大きな発見は、三蔵という模範を見つけ、強者に寄り添うという方法を身につけたことであろう。また、「ほの温かさ」と感じたのは、三蔵という模範の影響力によって生まれた悟浄の自信であろう。つまり、悟浄の自分に対する不信とそれによっての運命、世界との衝突は三蔵に寄り添うことによって緩和されたのである。ただし、それはただ緩和されただけで、根本的に問題を解決するために、悟空に学び、自分を強めるしかない。しかし、悟浄が悟空のような行動者になりたいが、ただ躊躇していて、悟空との距離感に悩んだだけで終わっている。また、三蔵に影響され、「ほの温かさ」を感じたが、三蔵のようになりたいという願望は文中のどこにもない。つまり、「ほの温かさ」の発見において、悟浄にとって最も有意義なのは模範に近付くことによって自信を持つようになるという方法の発見であり、しかし「ほの」という程度の温かさはあくまで他者から感じ取ったほんのすこしの慰藉であり、自らの変革という大仕事において力不足であろう。

● 第六項　南洋行前後の作者の創作意識について

一九四一年六月に中島敦は病気と生活のために南洋庁に赴任した。しかし、父宛ての手紙において、「人間が　ひとりぼつちだなどといふことは今更、判りきつたことです、顔を付合はせてゐても実際は、別々の星に住んでゐるのですね、横浜とパラオとの距離どころの話ではないのです」（六月二十八日）①、「実に　イヤで　イヤで　堪らぬ　官吏生活（中略）このやうな時世では、チツポケな個人の理想など、もつと大きな世界の変動のために何時みじめにひつくり返されるか判らないからです」（九月十三日）、「今のパラオのやうな生活を一年も一年半もつづけたら、身体はこはれ、頭はぼけ、気は狂つて了ひさうです」（十一月六日）と自分の孤独、時世と個人との関係と南洋生活の不順調を訴え、妻宛ての手紙において、「僕は南洋庁にゐて良いことは一つもない。ああ、不愉快！」（十一月二十一日）、「精神的にも、もうオレはアナトール・フランスからまるで遠く離れて了つた。妙な人間になりはてたよ（中略）原稿を書くなんて、何処か、よその世界の話のやうな気がする」（十二月二日）と南洋生活の不愉快を訴えた。

---

① 「書簡」（『中島敦全集　第三巻』筑摩書房、二〇〇二年二月）

第四章　師弟関係について

　中島敦が残した書簡から確認できるのは、彼の南洋生活が決して愉快ではなかったことである。南洋行を通して、中島敦はいままで意識したことのない孤独の世界、大きな時代変動の中における個人理想の弱さ、官吏生活と島生活における不愉快を経験した。藤村猛は「南洋行はマイナスだけでなく、プラスの面もある」と指摘し、「一つは、中島の他者と社会との接触・連帯であ」り、もう一つは「南洋行は、彼に行動者としての役割を与える」①と論じている。しかし、前述したように、南洋行後に加筆された「ほの温かさ」だけでは、悟浄を肯定すると言い切っていいかという疑問が残っている。なぜなら、「ほの温かさ」を感じさせる源である三蔵は悟浄に完全に理解されていない存在であり、そのような不安定な外力にもたらされた「ほの温かさ」は悟浄の変身にはどれぐらい役立つだろう。冒頭で提示された「結果論」を思い出せば、悟浄は他者を一つの結果として見ているが、しかし「結果論」のように結果から原因を批判することはしなかった。また、奥野政元が指摘したように、悟浄の自己批判と自己変革は他者との性質の差に基づく検討であり、おそらく「天才」の悟空の行動力を学ぶことができないだろう。つまり、悟浄の自己変革は原因の上で失敗に決まっている要素のため、結果は無論失敗に決まっている。作者はおそらく「結果論」という「一番実際的に確かな方法」を以て、自己分析をやめ、他者を一つの結果として見做すことに着手し、他者「歎異」によって自己変革の方向を確かめようとしたが、しかし、上記で分析したように、悟浄の観察は不徹底であり、また悟浄が捨てきれなかった自己分析の癖は他者観察による自己変革の道を妨げるのである。

　南洋行前後の「悟浄歎異」の最も大きな異同は文末の「点火」部分の加筆である。それ以外に大きな異同が見られない。南洋行という経験は作者にとってプラスの面より、マイナスな面がより大きく作用したのであろう。書簡にあるような、日本を離れ、暑苦しい島生活を始め、不愉快な官吏生活を送りながら、原稿がほとんど書けなかった状態は南洋行後の中島敦の創作意欲を煽動するかもしれないが、「悟浄歎異」においては南洋行前後の創作では懸絶した差があるとは言いがたい。

　中島文学における「悟浄歎異」の位置づけについて、藤村猛は「悟空から三蔵法師への悟浄の視点の拡大が、作品と作者の成長を、また、中島

---

①　藤村猛「中島敦『わが西遊記』考」（「安田女子大学紀要」十三巻、一九八五年二月）

の前期と後期とをつなぐものとしての「悟浄歎異」の位置を示すものと思われる」① と指摘している。八戒の秘密考察の切断から、作品において過剰な自己分析を避けようとする傾向が見られる。自己分析に執着せず、強者に目をそらすことは、中島の作品における過剰な自己分析癖に変化が生じたことを表しているのであろう。「悟浄歎異」には、「歎」かれた「異」より、「歎異」その行為自体に価値があると考えられる。つまり、他者への視線を作品に導入することによって、悟浄は悟空などを見て刺激を受け、自己変革を図るのである。ただし、強者に対する盲目的な崇拝、強者になるための努力への無視、不完全な学び、強者に寄り添う癖も同時に窺える。

　もう一つ注目すべきなのは「結果論」の導入である。他者を見る視線は大事であるが、他者をどんな方法で観察するかについて、「悟浄歎異」において「結果論」によって示されていることも重要視されるべきである。しかし、悟浄の自己変革は「結果論」とは真逆に、悟空に「学ばう学ばうと思ひながら、悟空の雰囲気の持つ桁違ひの大きさに、（又、悟空的なものの肌合の粗さに）恐れを為して近付けないのだ」との口実を設けながら、結局悟空に学んだことは何もなく、なぜ悟空に近づけなかったのかについての原因だけを羅列して終わったのである。そして、悟浄は悟空と三蔵に対してただ「歎異」しただけで、悟空の長年の努力や三蔵が経験した苦難などの過程に関心を持たなかった。悟空に学ぶことも悟空との「桁違ひの大きさ」のために尻ごみしただけで、結局悟空にも三蔵にも学ぶことができないのであろう。つまり、悟浄は自己の変身に対し、いつも原因から結果へ、すなわち変身できない理由をまず探すのである。悟空と三蔵に対する「歎異」は両者を一つの結果として見做し、その結果に至るまでの過程と原因を一切考察せず、単なる相手の「大きさ」に圧倒されていたのである。それゆえ、悟浄の「歎異」はただ空回りの羨望であり、行動に移すことができないであろう。そして、最初の変身術の場面で示した「お前といふものが消えて了」わなければ変身できないという変身術が暗示しているように、悟浄が完全に消えなければ、行動者への変身は不可能であろう。つまり、八戒の変身失敗に対して悟空は「結果論」を以て八戒が精神統一できなかったことを批判している場面を、悟浄

---

　① 藤村猛「中島敦『わが西遊記』考」（「安田女子大学紀要」十三巻、一九八五年二月）

第四章　師弟関係について

は傍観したが、悟浄の場合になると、自分がなぜ悟空に学ぶことができなかったことから理由を探すのである。このような原因批判から結果判断への考え方は悟浄の一つの欠ける所である。もう一つは悟浄は他者を結果として見做すが、その結果から原因を批判せず、他者の努力などを完全に無視し、すなわち他者のことを正確に理解できなかったことである。

　模範を探して、精神的にそれに頼ることは初めて中島敦の作品に登場するのは「悟浄歎異」においてである。また「結果論」という結果から原因を批判する方法論の導入も「悟浄歎異」において始めてである。しかし、上述したように、「結果論」の応用の不徹底によって、悟浄の問題は解決されずに終わり、そのため、後に「悟浄出世」という悟浄の自己に関する検討と内的苦悶を打開するための遍歴を描く作品が書かれるようになったのであろう。

第二節　「弟子」論―大きな存在に面する子路

　「弟子」は一九四三年二月の「中央公論」に発表された中島敦の遺作である。発表された当時に、「現代の混沌たる世相に対して幾多の問題を提示しようとしてゐたのかも知れない」①　という評価もあれば、「ここに表現されてゐるくらゐの観念を盛るのには、これだけの道具立ては物々しすぎる」が故に「この作品は必ずしも成功してゐるとはいへない」②　との批判もあった。

　先行研究において、原典との比較研究には、すでに佐々木充による原典調査③と村田秀明による中島敦の創作資料調査④がある。主題に関して、濱川勝彦は「作品の中核は、子路と孔子との二重唱」、「孔子という鑑との調和と相剋の烈しいドラマの中から、子路の生き様が浮かんでくる」⑤と指摘している。それに対して、奥野政元は「孔子への入門とは」「相手の大きさそのものに否定された存在そのものの自己否定とも言うべきもの

---

　①　徳田戯二「文藝時評文学も決戦で征くべし」（「文藝首都」一九四三年三月）
　②　鎌原正巳「文藝時評」（「早稲田文学」一九四三年三月）
　③　佐々木充「『李陵』と『弟子』―中島敦・中国古典取材作品研究（一）―」（「帯広大谷短期大学紀要」一号、一九六一年五月）
　④　村田秀明『中島敦『弟子』の創造』明治書院、二〇〇二年十月
　⑤　濱川勝彦「弟子」（『中島敦の作品研究』明治書院、一九七六年九月）

105

中岛敦文学研究：以"三造的故事""名利故事""师徒故事"为中心

である」と孔子の前にいる子路の自己否定を提示し、「子路の死に様は一種無ぼうな犬死でもある」①と子路の死に様を評している。また、木村一信は孔子の存在について、「北方行」から「過去帳」までの主題の継続性から、子路が「存在の意義を問うことなく肯定しうる人間存在を発見した」と論じ、孔子という「『規範』との同化、対立の中で子路という一個の人間が自からの生命を見つけ出し、自己を把握していく有様」という主題をまとめている。そして「己にこだわり、己れの性情、愚かさに殉ずる如く自己を押し進めた子路を描き出すことに、中島の真の意図があったに違いない」②と作者の意図を論じている。同じく「性情を貫き通すことによって死」んだという論点が秋元誠の論文③にも見える。そのほか、藤村猛は「現実に圧倒されずに生き抜き、自己の完成を目指して成長していった男の話」④であるという主題をまとめ、李俄憲は「中島は、師への敬服に貫かれ、それに己を融合し同一化しようと死ぬまで努力する子路像をねらって造形し、師弟関係を描いた」⑤と指摘し、子路の死に対して「軽薄で唐突である印象を受けざるをえない」⑥と論じている。山敷和男は「思案に思案を重ねるタイプの人間こそ、真の近代人で」あると示し、「子路はそうした人間になりうる可能性」を「きりすてることで、『弟子』はすぐれた文学作品となっている」⑦と言っている。ほかには木村東吉が論じた「行動者の救済とその限界」⑧と渡邊一民の「三造の憧れた行動者が、子路によってはじめて的確な姿をあたえられたような気えしてくる」⑨のような行動者の面からの論説と、仁科路易子の「登場人物を単純化し」⑩たとい

---

① 奥野政元「『弟子』—他者との出会い」(『中島敦論考』桜楓社、一九八五年四月)
② 木村一信「『弟子』論—「己が性情」への指向—」(『中島敦論』双文社出版、一九八六年二月)
③ 秋元誠「中島敦『弟子』考—その劇的なるもの—」(「富山工業高等専門学校紀要」二十五号、一九九一年三月)
④ 藤村猛「弟子」(『中島敦研究』渓水社、一九九八年十二月)
⑤ 李俄憲「中島敦『弟子』とその典拠」(「現代社会文化研究」十五号、一九九九年九月)
⑥ 李俄憲「『一片の冰心を悵む』—中島敦『弟子』における子路の形成—」(「現代社会文化研究」十六号、一九九九年十二月)
⑦ 山敷和男「中島敦の『弟子』について」(「比較文学年誌」八号、一九七二年三月)
⑧ 木村東吉「中島敦『弟子』論—行動者の救済とその限界—」(「国語と国文学」六十六号、一九八九年十二月)
⑨ 渡邊一民「弟子」(『中島敦論』みすず書房、二〇〇五年三月)
⑩ 仁科路易子「中島敦『弟子』試論」(「立教大学大学院日本文学論叢」一号、二〇〇一年三月)

う指摘、松村良の「師弟愛」① 論などが挙げられる。

　先行研究において、主に「弟子」と典拠との比較、子路と孔子との関係、子路の死との三つの方面から論じられている。その中に、孔子と子路に関する見方は、①子路が孔子の教えと同化、対立の中で自己の生を見出す、②子路が孔子の門に入るのは「完全な自己否定」、③子路が儒者としての面と孔子の形式主義に違和感を抱く面という両面を持っているという三つの方向に分けられている。それらの方向に応じ、子路の死に対する見方も、①孔子と融合するように死まで努力した、②「一種むぼうの犬死」、③冠を正すのは形式に束縛された行為であるとの三つに分けられている。そのほか、感情的好悪で判断しがちな子路の「小」「義」を論じた説②、中島敦の南洋行と関連づける論考③がある。

　本節においては、中島敦が創作した部分に注目して「弟子」における子路像を再考する。中島敦が子路という人物を選んだ理由、つまり子路のどんな性質が中島敦が表そうとしている主題と合致しているのかを明かにし、そして、作者が元来の子路の性質のうえにどんな新しい性質を加えたのか、また孔子の教えによって変えられた性質と変わらなかった性質を分析し、作者の創作意図を究明したい。

● 第一項　師弟関係の成立

　創作部分について、佐々木充は原典の出所を調査しながらすでに指摘をしている。佐々木論をまとめてみれば、中島敦の素材使用方法は、①そのストーリ・シチュエーションがほとんどそのまま素材による、②中心となるべきいくつかの句を引いて、それに作者独自の肉付けを施す、③作者の創作部分という三つがある。そして、原典と比べた結果、「弟子」のテーマについて以下のように論じている。

　　それはすでに上の作業からも明らかなように、子路という個性

---

　　① 松村良「中島敦『弟子』論―師弟愛について―」（「学習院大学国語国文学会誌」五十一号、二〇〇八年三月）
　　② 孫樹林「中島敦『弟子』論―「義」「仁」「中庸」を中心に―」（「近代文学試論」四十一号、二〇〇三年十二月）
　　③ 西原大輔「中島敦『李陵』『弟子』と南洋植民地」（「比較文学研究」八十六号、二〇〇五年十一月）

の、孔門の徒となつてからの後半生を、内的環境としての孔門、外的環境としての春秋時代の政治界という、正負のいずれの方向にも個性子路をチェックする条件となる坩堝の中で描くことであつた。即ち子路が己れの生をいかに生きたかを描くことであつた。（中略）「生とは何か」を追求すること、そこに作者のモティーフがあるようである。①

「『生とは何か』を追求する」というテーマを指摘した佐々木論では、原典と比べながら、作者の創作部分が分析されたが、子路の新旧の性質についての分析に余地が残っている。本節は佐々木充が指摘した中島の三つの創作方法を参考にしながら、原典に付け加えられた作者の言葉や、創作された部分に注目し、原典における子路の性質と中島が形象した子路の新しい性質、孔子の教えに対する子路の受け取り方を分析していく。

子路の初見について、佐々木充は①「説破された子路の孔子に対する畏敬の念」、②「逆に子路に対する孔子の感想」、③「孔子の教えを子路がどのように受け入れはじめたか」についての「素材らしい素材は見い出せない」と指摘し、また、「弟子」には「中国古典の記録には」「少ない」「心理的・内省的な記述」② が織り込まれたことから、文中の子路や孔子に賦与された心理活動が作者の創作であるとわかるという論述をした。つまり、孔子の門に入る時の子路や、子路と初めて会った時の孔子の感想は中島の創作となる。それで、注目したいのは孔子に対する子路の見方である。

　　実は、室に入つて孔子の容を見、其の最初の一言を聞いた時、直ちに鶏豚の場違ひであることを感じ、己と餘りにも懸絶した相手の大きさに圧倒されてゐたのである。

子路が孔子の門に入り、子路と孔子との師弟関係が結ばれたのは、子路が孔子に教えを乞うからではなく、ただ子路が「室に入つて孔子の容を

---

① 佐々木充「『李陵』と『弟子』―中島敦・中国古典取材作品研究（一）―」（「帯広大谷短期大学紀要」一号、一九六一年五月）
② 佐々木充「『李陵』と『弟子』―中島敦・中国古典取材作品研究（一）―」（「帯広大谷短期大学紀要」一号、一九六一年五月）

見、其の最初の一言を聞いた時、（中略）己と余りにも懸絶した相手の大きさに圧倒されてゐた」からである。つまり、子路と孔子との関係の成立理由は、原典のように子路が孔子に説得されたからではなく、学問とも関係なく、ただ孔子の「大きさ」に圧倒されたからである。つまり、この時点での子路は孔子に対して盲目的な先入観を持っている。それは、孔子の「大きさ」である。また、もう一点注目すべきなのは、孔子の人間としての偉大さが書かれる二章の前に、一章では、すでに子路が孔子の「容を見」ただけで、「圧倒されて」いたことである。

● 第二項　孔子の「偉大さ」と子路の学び方

　二章の孔子の人間としての「偉大さ」と子路の「美点」についての叙述は中島の創作部分である。子路の目に見える孔子像は、「最も常識的な完成に過ぎない」が、「知情意の各々から肉体的の諸能力に至る迄、実に平凡に、しかし実に伸び伸びと発達した見事さ」と「一つ一つの能力の優秀さが全然目立たない程、過不及無く均衡のとれた豊かさ」を持っている「闊達自在」のような人間像である。この孔子像について、「『時』を越えた『永遠』の叡知的存在」①、子路に「規範」を与えた師②であるなどの代表的な論述が見られる。前述したように、子路が孔子の門に入ったのは孔子の「大きさ」に「圧倒され」たからであり、そして、「子路が頼るのは孔子といふ人間の厚みだけである」。このような弟子子路が師の孔子に接近する理由は、その後の孔子の教えに対する子路の受け取り方に大きく影響を与え、また、孔子と子路との関係の変化を検討するうえでとても重要な前提でもある。また、子路から見れば、孔子の特徴とは人間的な偉大さであるが、「孔子といふ人間の厚み」を「如何にして養ふかに就いての」子路の「実際的な考慮が足りない」。それゆえ、子路が孔子の教えをどのように受け取るかについて考える際に、子路が孔子に魅了されたが、孔子のような偉い人間になる努力が欠けている（あるいはそもそもそういう意志がない）という前提も十分考慮する必要がある。

　その一方で、「孔子は孔子で」、「形式主義」を「本能的」に「忌避し

---

　　① 奥野政元「『弟子』―他者との出会い」（『中島敦論考』桜楓社、一九八五年四月）
　　② 木村一信「『弟子』論―「己が性情」への指向―」（『中島敦論』双文社出版、一九八六年二月）

ている」子路「の際立つ馴らし難さに驚」いた。「礼と云ひ礼と云ふ。玉帛を云はんや。楽と云ひ楽と云ふ。鐘鼓を云はんや」の説に対し、子路がそんなに抵抗感を持っていなかったのは、「礼」と「楽」が物を贈るとか楽器を演奏するような表面的なことではなく、人に対する敬愛の情とその楽をもって人と「和」の関係を持つような精神的な面の教えが子路に受け取られたからである。つまり、「礼」をなすための具体的な形式ではなく、「礼」という精神の本質に対してしか子路は興味を持っていなかった。そしてこのような精神的な面に目を向けるような傾向も前述した子路が孔子の門に入った理由から窺える。即ち、孔子の精神的な「大きさ」ゆえに、子路が孔子を選んだのである。

　二章の最後は子路の親孝行を描いたが、先行論において、濱川勝彦は「主体性を失って生きるということでないことは、右の話の『己を抑へて』という主体的意志の行使や親の老いに気づいた後の子路を見れば明らかであろう」①と、子路の主体性の存続を読み取っている。孔子を教えを受けて「己れを抑へ」、「形に就かう」とした子路は、原典『孔子家語』の「子路負米」②における親の生きる時に事を尽くして親が亡くなった後に思いを尽くすという親孝行の模範とは違い、形式主義的な親孝行に対して抵抗感を覚えていた。そのような抵抗感を覚えさせた親孝行は子路がようやく親の老いたことに自ら気づいてから、「無類の献身的なもの」になった。そして、孔子を守ると同じように、その時は形式上の親孝行ではなく、「献身的」な親孝行になった。つまり、孔子の前で子路の主体性を失っていない一面が読み取れるが、その一方で、子路が親の老いた姿を見て「己の幼かつた頃の両親の元気な姿を思出したら、急に泪が出て来た」という感情から出発して、自発的に親孝行をしはじめたことも表されている。それは子路が孔子の教えを容易に受け取られない原因でもあろうが、子路が自ら感じ、思い、実践しなければ孔子の教え（つまり他人の経験）を受け付けないことを示している。

　また、孔子は子路の「純粋な没利害性」を「無類の美点」として「誰よりも高く買つてゐ」た。孔子が子路の性質を「美しい」、「珍しい」と

---

　①　濱川勝彦「弟子」（『中島敦の作品研究』明治書院、一九七六年九月）
　②　「子路負米」原典において、子路は親が生きていた時に米を遠くから負ってき、親が亡くなった後に親のために米を負うことができないと親のことを常に思っていることに対し、孔子は子路が親の生きた時に事を尽くし、親の亡くなった時に思いを尽くしたと評価した。

第四章　師弟関係について

評価した文章は、孔子の口を通して子路の「純粋な没利害性」、「珍しい愚かさ」を肯定する作者の立場を裏付けていると言ってもよかろう。

● 第三項　子路の新旧の性質

二章では孔子に高く評価された子路の「無類の美点」とは「此の国の人々の間に在つては餘りにも稀」な「純粋な没利害性」である。さて、なぜ子路に「純粋な没利害性」という「美点」を加えたのか。この問題を解決するには、原典における子路の性質を確認する必要がある。

　　① 子曰く、道行なはれず、桴に乗りて海に浮かばん。我れに従はん者は其れ由なるか。子路之れを聞きて喜ぶ。子曰く、由や、勇を好むこと我れに過ぎたり。材を取る所無からん。「公冶長第五」①

　　② 子路聞くこと有りて、未だ之れを行なふこと能はざれば、唯だ聞く有らんことを恐る。「公冶長第五」

　　③ 子路曰く、子　三軍を行なはば、即ち誰と与にせん。子曰く、暴虎馮河、死して悔い無き者は、吾れ与にせざるなり。必ずや事に臨みて懼れ、謀を好みて成す者なり「述而第七」

　　④ 子曰、敝れたる縕袍を衣、狐貉を衣たる者と立ちて恥ぢざる者は、
　　其れ由なるか。忮はず求めず、何を用つて臧しとするに足らん。「子罕第九」

　　⑤ 子曰く、中行を得て之れに与せずんば、必らずや狂狷か。狂者は進みて取る。狷者は為さざる所有り。「子路第十三」

①では、子路の「勇を好む」反面にある「材を取る所無からん」という欠点が孔子に指摘され、衝動で動く子路が批判された。しかし、②では、子路が聞いたことを自分ができるまで信じない点において、子路の実践精神が窺える。③では、また子路の勇について、孔子は素手で虎に向かい、素足で河を渡る子路と一緒に行動をしない原因が子路が慎重な考えを

---

① 平岡武夫　宇野精一編『全釈漢文大系　第一巻　論語』集英社、一九八〇年五月（以下『論語』引用は全てこれによる）

せずにすぐ動くからだと言った。しかしながら、子路のいい性質が④の「忮はず求めず」を通して表されている。それは人に損を与えず、また人に過度に要求しないという性質である。そのほかに、⑤に示された「狂狷」の性質も重要視すべきである。なぜなら、「狂狷」という性質の裏には、自己の主体性を捨てず、自らの感情や判断で行動するという良さが潜んでいるからである。それはまさに子路の性質である。

　上記の『論語』における孔子と子路との交流から子路の二つの特徴が窺える。第一に、「勇」をめぐる箇所において、子路の勇が「蛮勇」になるおそれがあると指摘された。孔子の存在とは、子路に「規範」① を教える師であり、子路の「勇」に枠を作った師であろう。子路の勇は春秋のような乱世において、孔子の教えを受けながら、変化しつつあった。三章では、孔子の「君子の勇とは義を立つること」という教えに対し、子路は「神妙に」「聞いてみた」。即ち、子路が孔子の悪口を言った人を殴った後に孔子に教えられたこの言葉から、子路は新たな「勇」を発見したのであろう。それは「義を立つる」「勇」である。

　第二に、「忮わず求めず」という子路の長所は中島敦の作品における「没利害性」とは合致している。「没利害性」が初めて中島の作品に登場したのは「斗南先生」においてである。この言葉は斗南の「子供のような純粋な『没利害』の美しさ」を形容する言葉であるが、「子供」「没利害」のような性質は、「弟子」において、「大きな子供」「没利害性」のような表現とはつながっている。むしろ中島が言う「没利害性」は原典の「忮わず求めず」という性質の延長線上にあると言ってもよかろう。

　また、奥野政元は、「孔子には仁義の道が現実にはなかなか受け入れられないこと、しかもそれを求めることに自己の一切をさし出すことが貫かれてある。この関係にあるのは、孔子自身の没利害性といったものであったろう」② と、「孔子自身の没利害性」を指摘した。即ち、「仁義の道」を貫こうとする孔子と弟子の子路はいずれも「理想主義的な気質」を持っている。その理想がそれぞれ違うが、二人とも自分の信念を以て最後まで貫こうとする人物である。ただし、子路の場合において、孔子の「大

---

　①　木村一信「『弟子』論—「己が性情」への指向—」(『中島敦論』双文社出版、一九八六年二月)
　②　奥野政元「『弟子』—他者との出会い」(『中島敦論考』桜楓社、一九八五年四月)

第四章　師弟関係について

きさ」に「圧倒され」てその「人間の厚み」に頼るために、一生孔子を守ろうとする「胸中一片の冰心」のような「純粋」な感情の強烈さがその「没利害性」を更に際立たせるのである。孔子が肯定しようとしたのは、子路のように「純粋」な感情を持ち、自分の信念に貫くことであろう。むしろ、その信念を貫くには、感情の「純粋」さと強烈さが必須なのかもしれない。

● 第四項　孔子の欠点と子路の疑問

　「個人としての子路に対してよりも、いはば塾頭格としての子路に向つての叱言である場合が多かつた」（四章）、「孔子の目にも、弟子の一人としてではなく一個の実行力ある政治家としての子路の姿が頼もしいものに映つた」（五章）という文章では、子路に対する孔子の教え方が示されている。つまり孔子が子路を弟子の子路としてみなすときに叱ったり、政治家としての才能を認めたりはするが、「子路といふ特殊な個人に在つては却つて魅力となり得る」性質を高く評価しつつある。

　しかし、弟子たちの目に見える孔子はどうなのだろう。「天とは何だ」という子路の質問に対し、孔子は「人間の幸福といふものの真の在り方に就いて説き聞かせられるだけだ」。それに、弟子の子貢が孔子の弁舌という欠点について「夫子の辯舌の中の・僅か百分の一が、時に夫子の性格（其の性格の中の・絶対普遍的な真理と必ずしも一致しない極少部分の）辯明に」「警戒を要する」と言った。また、子貢に「死」に関する質問をされた時に、孔子は「未だ生を知らず。いづくんぞ死を知らん」と答えた。

　その問答や孔子の弁舌に対して注目すべき点は、「天とは何だ」、「死後の知覚の有無」などの現実と離れる問題に対する孔子の態度と孔子の「現実主義者、日常生活中心主義者」という立場である。

　また、遍歴の孔子一行が窮境に陥った時（九章）に、子路は「窮する命なりことを知り、大難に臨んで些かの興奮の色も無い孔子の容を見て」「大勇なる哉と嘆ぜざるを得な」かった。この「大勇」は三章で孔子が言った「義を立つる」「勇」とつながり、子路に「曽ての自分の誇であつた・白刃前に接はるも目まじろがざる底の勇が、何と惨めにちつぽけなことかと」思わせた。

　しかし、子路は「師への不満」（十三章）を漏らした。それは泄治の死に対する二人の違う態度に現れていた。孔子の「身の程をも計らず、区

113

々たる一身を以て一国の淫婚を正さうとした」という否定的な態度に対し、子路は「空しく命を捐つなどと言ひ切れない」「智不智を超えた立派なもの」があると主張した。『論語』には、孔子は「志士仁人は、生を求めて以って仁を害すること無く、身を殺して以って仁を成すこと有り」と言っている。即ち、わが身を殺す前提は「仁を成す」ことである。孔子が泄冶の空しい死を否定したのは、泄冶の死が「仁を成」さず、結果的に何の役割がなかったからである。つまり、泄冶の死に対する孔子と子路の思考回路の相違点は、孔子が結果を重要視したのに対し、子路が結果ではなくその事件の過程や意味に注目したのである。

● 第五項　子路の死

「一身の危きを忘れて一国の紊乱を正そうとした事の中には、智不智を超えた立派なものが在るのではなからうか」と言った子路は自らの意志に従い、死を選んだ。つまり、自らの利益や生死とは関係なく、主君のために「義」を選んだのである。また、『論語』には、「君子の仕ふるや、其の義を行なはんとなり。道の行なはれざるや、已れ之れを知れり」（「微子第十八」）という子路の言葉が残っている。そして、ほかの「君子」と名付けられた述懐は「弟子」にも見られる。

　　① 兎角小人は不遜を以て勇と見做し勝ちだが、君子の勇とは義を立つることの謂である云々。
　　② 君子なるものが俺と同じ強さの忿怒を感じて尚且つそれを抑へ得るのだつたら、そりや偉い。しかし、実際は、俺程強く怒りを感じやしないんだ。少なくとも、抑へ得る程度に弱くしか感じてゐないのだ。屹度……。
　　③ 君子の音は温柔にして中に居り、生育の氣を養ふものでなければならぬ。（中略）今由の音を聞くに、誠に殺伐激越、南音に非ずして北声に類するものだ。弾者の荒怠暴恣の心状を之程明らかに映し出したものはない。
　　④ 君子も窮することあるか？（中略）窮するも命なることを知り、大難に臨んで些かの興奮の色も無い孔子の容を見ては、大勇なる哉と嘆ぜざるを得ない。曾ての自分の誇であつた・白刃前に接はるも目まじろがざる底の勇が、何と惨めにちつぽけなことか

　　　　　　　　　　　　　　　第四章　師弟関係について

と思ふのである。
　　⑤　見よ！　君子は、冠を、正しうして、死ぬものだぞ！

　①と④にあるように、孔子が子路に「義を立つる」「君子の勇」と「大難に臨んで些かの興奮の色も無い」「大勇」を教えた。子路の個人としての〈孤勇〉と未熟な〈蛮勇〉とはレベルの違う他人や社会、そして運命に臨む時の「大勇」は、子路の元来の性質と合うために子路にうまく受け付けられ、⑤のように子路に主君のために君子のように死ぬことを選択させたのであろう。しかし、②のような孔子の悪口をきく人に対して忿怒を抑えられない子路、③のような温柔な音を弾けない子路像から見れば、「精神の持ち方」（③のような楽器から伝わる「心状」）について、孔子の教えがあったとしても子路があまり変えられなかったことと、そして②のように怒りを抑えられない子路が君子として規範とは違い、元来の強烈な感情で動く人物であることがわかる。
　ほかの「明哲保身主義が」「本能として、くつついてる」弟子たちと比べて、惨烈でありながら、子路は孔子が教えた「大勇」を最後まで貫いた。そして、子路の死を知った孔子が涙を流したのは子路の死を惜しみながら、また彼の「大勇」を認めたのであろう。先行論では、形式につく死、犬死、意味のない死、また「徳を好む者」への死、「小」「義」に固執した死などの説が見られるが、本書では、十三章に孔子に教わった「大勇」のため、死を選んだ子路の気概を評価する。そして、子路の物語を作品の素材として使い、最後の子路の死のシーンを具体的に描いたのは作者が子路の死を価値のないことだと考えるとは思えない。木村東吉の論文に言及された「行動者の幸福」①を見せるには成功したとあるように、子路は孔子の教えの中で成長した跡が作品の流れで確認でき、また盲目的に崇拝して孔子の「大きさ」に惹かれたことから、孔子の実生活（政治、改革など）における智慧の「大きさ」に気づくまで、精神的な崇拝から現実の中に必要な能力を意識しはじめたまでの子路の変化が見える。
　また、子路の独特の「純粋な没利害性」のような純粋な性質は子路に死を選ばせた一因でもあろう。死を選んだのは「快感」という子路の倫

────────
　①　木村東吉「中島敦『弟子』論―行動者の救済とその限界―」（「国語と国文学」六十六号、一九八九年十二月）

理観、つまりそこに「正義」を守る価値や甲斐があると思ったからであろう。そして、「大きな子供」だった子路は孔子の周囲にいながら精神的な面だけでなく、政治や人生の道における孔子の智慧の「大きさ」に気づいた後、「子供」のような内心に変化が生じ、「孔子及びそれに従ふ自分等の運命の意味が判りかけて来た」。そして「冠を正す」行為は、単に形についた行為ではなく、臨死の子路の気節の象徴として、長年「抱負」を持って、孔子の教えで成長した自分の身分と相応しい気概のある行為と解釈をしてもよかろう。つまり、死を選んだのは、子路が孔子の教えを完全に受け取って、儒者になったからではなく、また孔子の教えを受けて自己を否定したからでもなく、孔子の部分的な教えを受けながら勇に対する認識が変わった一方、自分の「純粋」さと「没利害性」のような、利害とは関係なく、ただ「快感」のような自分の倫理観を貫いて、「善きこと」をしようとしたからである。二章の孔子についての描写には、「子路が今迄に会つた人間の偉さは、どれも皆その利用価値の中に在つた」という一文がある。つまり、「役に立つから偉い」人が多数存在している世間には、「利用価値」とは関係のない孔子がいる。「ただ其処に孔子といふ人間が存在するといふだけで充分なのだ」とあるように、子路が孔子に惹かれた理由はまさにこれであろう。そのため、「没利害性」即ち「役に立」たなくても行動する子路の最後の死を評価する際に、「利用価値」のあるかどうかという一般的な見方とは違う、子路の元来の性質に基づく超俗的な見方が求められるようになるであろう。

● 第六項　春秋時代という乱世において

『論語』において孔子は言う。

> 子路行きて以つて告ぐ。夫子憮然たり。曰く、鳥獣は与に羣を同じくす可からず。吾れ斯の人の徒と与にするに非ずして誰とか与にせん。天下道有らば、丘は与つて易へざるなり。（「微子第十八」）

上記の「今世間に道があるなら、私も世間を変えようとは思わない」の一文のように、孔子は各国を遍歴しながら、政治的な改革を行おうとしていたが、しかし、孔子はその乱世において徹底的な革命を図るのではな

第四章　師弟関係について

く、改革に努めていた。そのように努力しても「不遇」に遭った孔子の描写を通して、作者は乱世の中に個人的な理想実現の難しさを表そうとしているのであろう。そして、子路が死を選んだという極端的な選択を通して、自らの「快感」などの個性を貫くことと、「没利害」のような「利用価値」で判断しないことを提唱しようとするのであろう。ただし、子路が形式主義より精神的な面を重要視したが、孔子との接触によって、現実に要求されている「智慧」、「能力」に気づき、自分の「精神の持ち方」において成長したと考えられる。

　原典にある子路の「勇」と「伎わず求めず」という性質と子路の「快感」を求める、「没利害性」という新しい性質との間から、作者の意図が読み取れるであろう。即ち、春秋時代の乱世における子路の勇ましさが作者に認められたのであろう。子路の死に対して、子路の死という結果に対してではなく、子路の死の意義を問おうとした。つまり孔子に教えられた「大勇」が子路の死によって昇華されたことを評価したい。子路の死が終結を意味しているのではなく、その死によってこそ、個人の信念が存続できたのである。それに、「弟子」において、孔子が子路の「没利害性」という「珍しい愚かさ」を絶賛していたことからも作者の態度が窺えるのであろう。

　また、この作品のテーマは「子路」→「師弟」→「弟子」と二回改題されている。「子路」から「師弟」を経て最後に「弟子」というテーマに至ったのは、子路の人物像や孔子と子路との関係性より、孔子や孔門という大きな精神の模範の前にいる「弟子」子路の生き方が重要視されているからであろう。この点について、本田孔明は「子路は孔門の徒でありながら、儒教という一つのイデオロギー（中略）に『自己』が回収されてしまうことを執拗に避け続ける」① と解読している。文中の「形式主義」とあるように、儒教は人に生活形態の規範を教えるのである。しかし、子路はそのような形式を受け止めないが、形式の裏にある本質的な思想と精神的な規範（親孝行、大勇など）に対して抵抗するどころか、むしろそれをもって自らの「精神の持ち方」を改善しようとしていたのである。即ち子路は儒教に回収されないようにそれを離れようとするのでは

---

　①　本田孔明「中島敦『弟子』」論―もう一つの「歴史」小説のために―」（「立教大学日本文学」七十三号、一九九四年十二月）

なく、儒教という名の下にある思想上の結晶を学ぼうとしている。それは子路が孔子に「精神的には導かれ守られる代りに、世俗的な煩労侮辱を一切己が身に引受ける」と決めたことからも見られる。つまり、「大き」な存在としての孔子に惹かれて孔門に入った子路は、孔子を精神的な先導とみなしている。「子路が今迄に会つた人間の偉さは、どれも皆その利用価値の中に在つた」が、孔子はただ「存在するだけといふだけで充分なのだ」。それゆえ、子路はあらゆる「利害」から孔子を守ろうとしている。しかし、孔門の師としての孔子は、個人の理念より社会改革の願望を、過程や意味より結果を重んじている。

　総じて言えば、「弟子」の主題は、孔子の「弟子」としての子路が、春秋時代という乱世において、そして「形式主義」的な「儒教」という大きな規範の前において、孔子の部分的な教えを受けながら自らの精神をどのように成長させたか、また、孔子の「弟子」でありながらも、死まで個人的信念をどう守ったかを描くことにあると考えられる。つまり、「弟子」は、大きな時代の混乱や「形式主義」的な規範、精神的な先導というような「大き」な存在に面する時の「弟子」子路の「特殊な個人」としての生き方を描いたものである。

結　章

第一節　各章のまとめ

　本書では、中島敦の〈三造もの〉、〈出世もの〉と〈師弟もの〉を取り上げて論じてきた。一九三二年に中島が京城を旅行し、かつて通った中学校および自分の家族との葛藤を顧みる視点を得たため、「プウルの傍で」が生まれ、一九三〇年に斗南伯父が亡くなり、一九三三年に祖父と斗南伯父の詩集を東大の図書館に寄付することがきっかけであったか、斗南伯父が代表している古い時代精神を見直すチャンスを得、「斗南先生」が書かれた。また、一九三二年の中国旅行体験とその時期の読書経験が「北方行」に編入されている。そして、パスカル『パンセ』やハックスレイ「パスカル」など西洋の哲学だけでなく、『論語』、『史記』、『列子』などの中国の思想の集大成も作品化され、それをベースに、中島は自分の新たな視点と感受を注ぎ込んだのである。また、常に喘息で苦しめられ、命が脅かされていた短い生涯に、作者はいつも病弱な身で創作しつづけた。それは三造の体格、身体に対する劣等感を抱く原因でもあろう。

　第一章の「プウルの傍で」はまさに作者が感じた身体的な劣等感を描いた作品である。しかし、それは病のせいだけではなく、青春時代の騒動や反抗心とともに家族に対する嫌悪が混じっている三造の病的な生活と歪んだ青春の陰影も映されている。また、プールという運動の場では、三造は全篇にわたってただ水の中で浮きながら中学時代のことを回想するだけで、プールの傍で訓練していた中学生とは違って、身体的な躍動や活力が全然見られない。それは身体的劣勢によることであろうが、また中学時代の三造の内心における継続的な愛の欠如状態がもたらした孤独感と無力感によることでもあろう。そのような愛の欠如状態を解決するかのように、

「斗南先生」が誕生した。

　「プウルの傍で」とほぼ同時期に書き上げられた「斗南先生」では、三造の高校時代、大学時代と作品における現在という三つの時期における斗南に対する三造の見方の変化が描かれている。最初に類似性のために斗南と〈合体〉した三造は斗南をひどく批判していたが、斗南が亡くなるまで二人の出来事が回想される過程では、斗南に対する三造の感情も同時に呼び起こされ、そして他人と自己を認識するときのねじれた理性という癖も暴き出された。また、斗南伯父という古い時代精神の標本の貴重さと、時代との不適合という二面性が存在し、三造が自己（と他人）を認識する新しい方法を探さなければならない状況から「斗南先生」が生まれたのであろう。つまり、三造は自由を求め、客観的・分析的な見方を以て自己と斗南のことを見つめなおそうとしていたのである。

　第二章では、同じ〈三造もの〉の「北方行」と「狼疾記」を取り上げて論じた。本章では、まず「北方行」の創作と『パンセ』、「パスカル」の二作との関係性を洗い出し、主人公の伝吉と三造の造型に与えられた影響を解明しつつ、人物造型における中島の独自性をも同時に示した。死の哲学に影響された伝吉は子供の愛などによって生への希望を掘り出そうとしたが失敗した。しかし、その試みにこそ伝吉像の意味が生じると考えられる。なぜなら、それは死が前提とされている人生のための生の探求を意味しているからである。また、三造が「生命礼賛者」になろうとし、今迄の「教育」などの経験と対抗し、自らの生を生きようとしている。

　「狼疾記」は「北方行」の一部を使っているが、北京ではなく、日本での勤務地を描いたゆえか、「北方行」より現実性を持っている作品である。伝吉に不安を感じさせた「存在の不確かさ」の根拠が「狼疾記」で疑われるようになり、伝吉の恐怖と不安も具体化され、「狼疾記」で三造の病弱による「直接的な死」に変換されている。それに、三造の問題がさらに具体的な生き方の選択に変わり、出世か享楽かという二つの道が検討される。その中に言及されている自分の性情の問題と「名声地位」に対する欲望は「山月記」や「名人伝」のような「名」をめぐる作品へとつながっていく。

　第三章の「『名』という生き方」において、「山月記」と「名人伝」を取り上げ、二作における「名」を分析した。「山月記」の李徴が自分の詩業に執着しているように、作者の中島も自ら漢詩を詠んでいる。本書で

結 章

は、中島の漢詩における詩人像と「山月記」の李徴像との類似性を確認したうえで、中島の蔵書にある漢詩詩論関係の書籍を参考して「山月記」における李徴詩に対する「格調高雅、意趣卓逸」という評価に重点を置き、李徴詩の創作と彼の性情との関係を明らかにしてきた。つまり、李徴は詩名を求めるために、自分の性情のままで漢詩を詠んだのではなく、世間に認められるために偽りの性情を以て偽りの詩を作ったのである。それは中島の漢詩の世界と「山月記」における李徴詩の評価を比べればわかる。また、今迄李徴側に立つ論者が少なかったが、本書では、李徴の「病者の世界」に立ち、彼の世界と「通常の世界」との距離の遠さや、詩名によって屈折された自分の性情から生まれた「発狂」を解釈し、そして「発狂」によって新たに作られた虎の世界を肯定したい。なぜなら、その「発狂」がなければ、李徴は「高雅」、「卓逸」の詩を作るための性情を扮装しつづけなければならない、また「名」のために装った偽りの性情を発見できなくなる。

　「名人伝」は同じく「名」を取り扱う作品として、「山月記」とは違う性格を持っている。特に、「名」をなすために、「山月記」に言及された「さだめ」という絶対的な原因が除外され、紀昌の努力についての描写が詳しく行われている。そして、師弟関係を描いた作品といえば、「名人伝」が「悟浄嘆異」と「弟子」の後に書かれた作品である。その二作において多くの筆墨で書かれた師のイメージとは違い、「名人伝」では師のイメージが決定的ではなく、むしろ殺めないと弟子が天下第一にならない位の不必要な要素になった。また、甘蠅での九年間の修業が空白のままで、紀昌が九年後に発言した「至射は射ることなし」は甘蠅の「不射之射」の技とは違っている。それらの内容から見ると、「名人伝」における師のイメージの薄さが読み取れ、むしろ弟子の紀昌が師の不在の時に自ら悟って名人になったと言えよう。このような〈天の不在〉と〈師の不在〉は師弟関係を描いた中島敦の作品において独特な内容であり、運命などの絶対的な存在と絶対信頼できる存在を探して、それらの存在との共存を描きつつあった中島敦の作品においての進歩だと言えよう。そして、これは三造が残った問題点を解決する端緒にもなろう。

　第四章の「悟浄歎異」における「結果論」が提示されているように、悟浄は悟空と三蔵を観察する時に、他者を一つの結果として見ている。しかし、それらの結果は一面的な結果にすぎない。悟浄が悟空の天才的な部

121

分と三蔵の強い内心だけに注目して原典における悟空の長年の努力と西遊前の三蔵の長年の修業を無視する傾向はまさにその特徴を説明している。また、三蔵が代表しているような模範的な存在に頼り、三蔵の身から感じ取った「ほの温かさ」に慰められるような悟浄像は中島の作品においてはじめて造型された。つまり、他者に対する片面的な見方と絶対的に信頼できる他者を求めることはこの作品の特徴である。しかし、その一方で、悟空に学ぼうとしたが、悟空と自身に対して間違った認識を抱き、また自分と悟空との縮められない距離を口実として強調しているため、悟浄の自己変身は失敗で終わるのだろう。そして、変身について、自分自身が消えないと変身できないという悟空の変身術の説に従えば、悟浄は自分を抹消しなければ変身できないことになるが、悟浄は他者を観察して自らの変身を図ったが、彼自身の主体性をあきらめようとしなかったゆえ、変身が失敗に決まっているのだろう。むしろ、自分の観察役を自責しながら変身しようとしたのは自らを改善しようとする欲から出発したことであり、それも自分自身の存在を固持するということを意味しているのだろう。そのような自分の存在を固持する悟浄像があるこそ、悟浄の変身が「歎異」にとどまっているのであろう。

　「弟子」について、作者の創作部分に重点をおいて分析を行った。特に、原典における弟子の性質と中島がそのうえで追加した新しい性質との違いに注目し、子路の新旧の性質を考察してきた。子路の「没利害性」と「大きな子供」などの性質の分析には、「弟子」における自らの強烈な感情で動く子路像が浮彫になる。また、師の教えに対し、孔子の形式主義的な教えを納得しないが、「勇」についての孔子の観点を受け止め、自らの「小勇」を「大勇」に昇華したことから、子路が孔子の部分的な教えを受けて自らを改善したことがわかる。それは子路に死を選ばせる一因であるが、もっと重要なのは子路の自らの信念と個性を貫くという生き方であろう。これはまた孔子と子路との最も大きな違いである。つまり、孔子が結果の価値を以て死を評価するのに対し、子路が死の意味を問おうとしている。

第二節　主題の連続性と作者の創作意識の変化

　以上の分析を踏まえて〈三造もの〉から〈出世もの〉、〈師弟もの〉ま

結　章

での主題上の連続と変化を考察し、〈三造もの〉から〈師弟もの〉までの作者の創作意図を明らかにしたい。

　「プウルの傍で」は中島の青春時代を描いた作品として、継母との不和などの作者自身の体験が多く織り込まれている。また、はじめて「三造」という人物が初登場した作品として意味が大きい。作中に描かれた父親の遺伝に対する嫌悪から、自分自身の血を顧みようとする作者の意図が見られる。それに、虚構された色街体験は家庭と対抗している三造の自己を確立する決定的な事件として描かれたが、しかしそのことが上級生に知られ、三造が殴られた時に本人が「新しく感じ」た「肉体への屈服」と「精神への蔑視」はこの作品におけるもう一つの大きな主題である。

　それに対し、「斗南先生」において、斗南の精神に対する三造の色々な検討が描かれている。三造は斗南を厳しく批判したが、その批判は自分と類似している斗南のことと、斗南が代表している古い時代精神との二つに対してである。実はその批判は自己を斗南と〈合体〉し、自己に対する観察と懐疑を斗南の身に移したのである。斗南との出来事が回想されつつある中、三造が自らの斗南に対する感情を徐々に発見し、斗南との〈解体〉も行われる。感情で動揺されずに、できるだけ客観的に斗南を観察しようとした三造のいわゆる客観的な斗南考察は、実はねじれた理性で自らの感情を抑制しようとしたのである。しかし、斗南に対する感情の発見は三造にねじれた理性と客観性を捨てさせ、自らの感情に誘導されて本当の自己を再発見するチャンスを与えたのであろう。また、古い時代精神と「新しい時代」とのギャップの中に、斗南は「一つの道への盲信を」持って進んだが、三造は「左顧右眄的な生き方」を以て「新しい時代精神の予感だけはもちながら、結局、古い時代思潮から一歩も出られない滑稽な存在」だと自己認識した。このような精神世界と生き方の検討は「北方行」と「狼疾記」にも継続されている。また、「プウルの傍で」における家族嫌悪から、「斗南先生」での斗南に対する感情の発見まで、三造の自身と自己の血に対する態度の変化が窺えよう。

　「北方行」と「プウルの傍で」、「斗南先生」の二作との違いはパスカルの哲学の導入である。本書で分析したように、主人公の伝吉は死の哲学を受け継ぎ、死から出発してまた死に至るような循環に陥ったが、もう一人の主人公・三造はパスカルを批判しているハックスレイの生の哲学に影響され、生の多様性を発見しようとし、現実と握手しようとしている人物

123

である。その一方、伝吉も三造も実生活との関連性が薄く、「形而上学的な」煩悶を持っている人物である。しかし、このような「形而上学的な」苦悶が描かれているからこそ、中島の作品の独特性が形成されていると言えよう。この点について、佐々木充は「中島の苦しみは、多くの者が不問に対してきた前提を疑うことであり、それは少数者の異端の行為であることを逃れられないであろう」①と指摘している。多数が考えない問題を真剣に問い続ける少数派を描いた作品を考察する時に、論者は少数派側に立って作品を再考察した。

「北方行」で問われたあまりにも「形而上学的な」問題は「狼疾記」では再び作者の実体験―病弱と関連づけられ、概念的な死が「直接的な死」に実体化されている。このような実体験に基づいた身体（「プウルの傍で」）と精神（「斗南先生」）の描写の後に急に昇華された「形而上学的な」生と死の問題（「北方行」）を経て再び作家の病弱な身と関連する（「狼疾記」）〈三造もの〉において、三造の自己観察が深刻になりつつある一方、「病者の世界」と少数派の世界も導入されていることが以降の中島文学の基調をなしていると言えよう。それで、多数派の世界と少数派の世界との分岐を極端的に描いた作品「山月記」が誕生した。

「山月記」における虎の世界はまさに少数派に作られた「新しい現実」であり、虎の世界において、かつての人間の世界を顧みるチャンスが与えられるのである。人間の世界において、李徴は他人や社会に向ける詩の創作をするためにそれに相応する性情を装い、結局発狂したが、虎の世界における李徴は真の性情の持ち主として「嘷を成す」ようになる。

「名人伝」も同じく「名」を描いた作品であるが、師弟関係を描いた作品でもある。創作時間順と言えば、「悟浄歎異」→「弟子」→「名人伝」の順番になるが、前の二作において、師の影響が非常に大きかったが、「名人伝」に至って師の不在時に弟子の紀昌が自ら悟ったのである。

〈三造もの〉における三造が残した「存在の不確かさ」による不安の問題を解決するために、何か確定しているものを探さなければならない。その経緯の中に生まれた師の物語において、「悟浄歎異」における「貴い強さ」を持っている三蔵法師や、「弟子」における「一つ一つの能力の優秀さが全然目立たない程、過不及無く均衡のとれた豊かさ」を持っている

---

① 佐々木充「『北方行』と『過去帳』二篇」（『中島敦の文学』桜楓社、一九七三年六月）

孔子が絶対的に信頼できる人間として描かれ、弟子の悟浄と子路に盲目的に崇拝される対象である。しかし、「悟浄歎異」では悟浄が三蔵のことを無批判に受け取ったが、「弟子」において、孔子の欠陥が指摘され、また死の価値に対する師弟の違う見解が見られる。最後に、「名人伝」では、師を殺めようとする弟子と師を辞してから自ら悟った弟子が登場する。つまり、確かな存在を探してそれに頼ると三造が残した「存在の不確かさ」による不安の問題が解決できそうに見えるが、時間順で各作品の展開を見ると、最初の盲目的な強者崇拝が徐々に現実における自己の生き方についての探求に変わっていく。つまり、「北方行」における地球絶滅のような宇宙での人間の不確かさは後期の師弟作品では大きな時勢と現実の中で具体化され、三造の「形而上学的な」不安も大きな現実に面する時の個人としての生き方に変貌してきた。また、死生の問題について、「狼疾記」における三造は、孔子の「未だ生を知らず。いづくんぞ死を知らん」に強く反対し、「未だ死を知らず。いづくんぞ生を知らん」と、死を知ることの重要性を主張していたが、「弟子」に至って、孔子の同じ言葉に対し、「全くだ！と子路はすつかり感心した」と、違う態度を見せている。つまり、死から出発するという三造の考え方から孔子の生への凝視に敬服する子路の態度まで、作品に設けられた現実の中で試練してきた主人公たちの注目点が「形而上学的な」不安・懐疑から現実における生き方の探求へと変化している。

　〈三造もの〉から〈師弟もの〉まで、中島敦の創作は自己の身近から中国古典までの素材変化を見せている。身体的な劣等感、精神と時代との関係についての考察、「形而上学的な」死生問題の導入などの三造の自我をめぐる問題点から、①青春期による自己発見の意欲、②知性と厳し自我反省、③西洋の個人主義と科学的、理性的な考え方の影響という作者の創作意図が窺えよう。「北方行」に影響を与えたパスカル『パンセ』における無限の宇宙という見方は近代科学の発展（望遠鏡などの天文学）による宇宙に対する人間の客観的な新認識から来ていると同じように、「斗南先生」において三造ははじめて主観を除いて理性と客観性だけを持つ視点で斗南を観察しようとした。感情を凌駕する客観的な他人観察には無理があるが、「斗南先生」には絶対的な理性と自由を求める傾向があるのは否定できないだろう。また、本書で取り上げた中国古典から取材した作品から言うと、出世、変身、犠牲が主人公のキーワードとなるが、悟浄

の他者観察、子路の孔子崇拝、紀昌の学びはいずれも賢者に学ぶ態度が窺える一方、悟浄が自己を抹消しないために変身できない、子路が孔子の欠点を批判して死生に対する違う見解を固持する、紀昌が自ら悟って弓をさえ忘れたという自己主体性の固持が同時に見られる。「狼疾記」や「山月記」に言及された性情の問題をあわせて考えると、作者は自己の性情を固持する二面性を描こうとしたのであろう。そのような中国古典に生きた人物の生き方を再整理することによって、中島は性情の固持による発狂と自己犠牲との二つの結末を確認でき、性情と運命という命題について新たに認識できたのであろう。中島生前に発表した最後の作品「名人伝」における晩年の紀昌が自我と他者に執着しなくなるのは、自我と他者との境界線が消えることを示し、同時にそれが自己を最も強く保持する方法でもあろう。弓という道具を捨て、我と彼を区別しない、世間から自己を消すように自己の主体性を保持するのは乱世において最も保守的な生き方であるが、それが最善な方法かもしれない。

第三節 中島文学における〈三造もの〉、〈出世もの〉と〈師弟もの〉の位置づけ

中島文学において、〈三造もの〉は中島の習作時代における色々な試みの後の、真に自己と向かい合う作品群として意味が大きい。作者の分身だと言える三造は自己の身体、精神及び無限な宇宙における人間の不安定な位置と人類絶滅という絶対的な運命に関心を持ち、無限な宇宙と絶対的な運命の前にいる「小さな者」としての恐怖と不安を訴えている。初期の色々な風格を試みた中島の創作と比べたら、三造の疑問は中島文学の主題を一変させ、また、その後の創作に素材と設問を提供していると言えよう。問題を提起した〈三造もの〉に対し、〈出世もの〉と〈師弟もの〉における世間での生き方についての作者の考察と「師」という信頼できる強者との出会いは三造の問題を解決するための努力であろう。一般的な他者と絶対信頼できる中心的な賢者との間に、主人公が「通常の世界」と「病者の世界」（ハックスレイ「パスカル」）との間を往来するルートを反覆し、自分の生き方を探し出そうとしながら、自己の認識を更新している。つまり、〈三造もの〉から〈出世もの〉、〈師弟もの〉までは、中島文学における自己をめぐる主題を形成する一系列の作品であり、中島文

結　章

学の重要な一側面をなしている作品群でもある。

　そして、〈三造もの〉を分析したように、中島の視線は常に自己の内部に向かっている。それゆえ、中島の作品は発散的に何かの観点を晒そうとしているのではなく、むしろ残虐な程に自分のことを拷問しているような真剣に自己に向かい合う内包的な作品である。

　〈三造もの〉、〈出世もの〉と〈師弟もの〉を軸にして中島敦文学を見直す意味は、三造の身に統合された自己をめぐる疑問を明らかにし、後期の中国古典のリメイク作の源流と主題の連続を確認できたことにあり、また、「山月記」における虎という少数派の世界が創作される前にすでに「北方行」における「形而上学的な」死生問題を導入した少数派が存在していることを発見できたことにある。本書は少数派である三造、李徴の側に立ち、中島によって造られた少数派の世界の異彩を肯定したい。

　哲学研究者である三木清は『パスカルにおける人間の研究』において次のように述べている。

　　生の動性はその自覚的なる具体性において不安である。ここに「確実」(certitude)が生の最も特殊なる関心となるべき最後の理由は存在する。この確実はもとより単に理論的なる確実ではなくて、具体的なる生の不安を全体として満足すべき確実である。それ故にパスカルは、「確実、確実、感情、平和」(Le Mémorial)、と叫ぶ。彼の求めるものは同時に感情であり、愉悦であり、平和であるが如き確実である。かかる確実は神の外にはないであろう。それ故に人間が神を求めることは不安を本質とするこの存在にとって偶然ではない。①

　流れつつある生命において、人々は不安を抱きながら、「確実」を探し求めている。パスカルの場合ではより簡単に解決できたのは絶対的な神への帰依心を持っているからであろうが、中島敦の作中人物が「生の不安」を前にして、神ではなく賢者に答えを求め、賢者の傍でという「確実」した位置を確保しようとした。しかし、三蔵の傍で変身できない悟浄にせよ、孔子の観点と正反対の自我犠牲を選んだ子路にせよ、いずれも

---

①　三木清「人間の分析」(『パスカルにおける人間の研究』岩波書店、一九八〇年七月)

彼自身が見つけた「確実」そうに見える位置に長く安住できなかった。それで、師という臨時的に頼ることができる身分は中島が求めた「確固たるもの」ではなく、主人公たちは「生の不安」と戦いつづけざるを得なかった。

　また、三木清は一九三三年に「不安の思想とその超克」（「改造」一九三三年六月号）で人間の不安を訴え、昭和初期の「不安の文学」という傾向を表している。文壇に積極的に参加しようとしなかった中島敦の作品には、文壇から離れて、独自の領域を維持しようとする意図も同時に窺えよう。それは彼の「臆病な自尊心」と「尊大な羞恥心」のような性情と不遇の運命、病弱の身、古い時代精神と時代とのギャップなどの影響があると考えられるが、その特殊な個人状況こそが「山月記」などの名作を誕生させたのであろう。つまり、「確固たるもの」を探しつづける中島の創作は当時の時代文壇・知識人の不安という大きな背景に生まれたが、彼が独自の問題点を持っているため、中島独特な「没利害」な、「超俗デイタッチメント」な別天地が構築されている。

引用文献

（1）塚本哲三『絵本西遊記』有朋堂文庫、一九一八年十一月
（2）『国訳漢文大成　文学部　第十二巻　晋唐小説』国民文庫刊行会、一九二〇年十二月
（3）橋本増吉『東洋古代史』平凡社、一九三三年十月
（4）伊福吉部隆『東洋精神の復活』第一出版協会、一九三四年七月
（5）徳田戯二「文藝時評　文学も決戦で征くべし」（「文藝首都」一九四三年三月）
（6）鎌原正巳「文藝時評」（「早稲田文学」一九四三年三月）
（7）佐々木基一「近頃面白かつたもの」（「現代文学」一九四三年四月）
（8）深田久弥「故中島敦君」（「文学界」一九四三年七月）
（9）平林文雄「わが西遊記」（『中島敦・梶井基次郎』角川書店、一九五九年十二月）
（10）荒正人「中島敦論」（『中島敦全集　補巻』月報「ツシタラ」五　文治堂書店、一九六一年四月）
（11）沢田美代子「中島敦の世界―『わが西遊記』への過程」（「大阪府立大学紀要　人文・社会科学」十号、一九六二年三月）
（12）佐々木充「『李陵』と『弟子』―中島敦・中国古典取材作品研究（一）―」（「帯広大谷短期大学紀要」一号、一九六一年五月）
（13）吉田健一　解説「人と文学」（『梶井基次郎・堀辰雄・中島敦集　現代文学大系　三十五』筑摩書房、一九六四年六月）
（14）佐々木充「『名人伝』―中島敦・中国古典取材作品研究（三）―」（「帯広大谷短期大学紀要」三号、一九六五年三月）
（15）佐々木充「中島敦『山月記』―材源について―」（「国文学 解釈と教材の研究」十一号、一九六六年五月）
（16）小林信明『新釈漢文大系　二十二巻　列子』明治書院、一九六七年

五月

（17）佐々木充「『わが西遊記』の方法—その一・「悟浄出世」諸キャラクターの本体探索—」（「帯広大谷短期大学紀要」四号、一九六七年七月）

（18）山敷和男「中島敦の『名人伝』の世界」（「中国古典研究」十五号、一九六七年十二月）

（19）佐々木充『中島敦—近代文学資料1—』桜楓社、一九六八年三月

（20）野田又夫『筑摩世界文学大系　デカルト・パスカル』筑摩書房、一九七一年九月

（21）山敷和男「中島敦の『弟子』について」（「比較文学年誌」八号、一九七二年三月）

（22）佐々木充『中島敦の文学』桜楓社、一九七三年六月

（23）濱川勝彦『中島敦の作品研究』明治書院、一九七六年九月

（24）田鍋幸信「中島敦蔵書目録」（『梶井基次郎・中島敦』日本文学研究資料叢書、有精堂出版、一九七八年二月）

（25）小室善弘「中島敦漢詩研究」（「埼玉県立浦和西高等学校研究収録」九集、一九七八年三月）

（26）中村光夫、氷上英広、郡司勝義編『中島敦研究』筑摩書房、一九七八年十二月

（27）平岡武夫、宇野精一編『全釈漢文大系　第一巻　論語』集英社、一九八〇年五月

（28）三木清『パスカルにおける人間の研究』岩波書店、一九八〇年七月

（29）村田秀明「中島敦の漢詩研究」（「方位」2号、一九八一年四月）

（30）村田秀明「中島敦の漢詩の成立」（「国語国文研究」十七号、一九八二年三月）

（31）勝又浩『Spirit　中島敦《作家と作品》』有精堂、一九八四年七月

（32）奥野政元『中島敦論考』桜楓社、一九八五年四月

（33）鷺只雄編『中島敦〈叢書　現代作家の世界5〉』文泉堂出版、一九七七年四月

（34）木村一信『中島敦論』双文社出版、一九八六年二月

（35）木村東吉「『山月記』論—虎の出自とその行方—」（「島大国文」一七号、一九八八年十一月）

（36）田鍋幸信編『中島敦　光と影』新有堂、一九八九年三月

引用文献

（37）村田秀明「中島敦と芥川龍之介の漢詩」（『中島敦・光と影』新有堂、一九八九年三月）

（38）木村東吉「中島敦『弟子』論―行動者の救済とその限界―」（「国語と国文学」六十六号、一九八九年十二月）

（39）鷺只雄『中島敦論『狼疾』の方法』有精堂、一九九〇年五月

（40）奥野政元「『山月記』ノート」（「活水日文」二十二号、一九九一年三月）

（41）秋元誠「中島敦『弟子』考―その劇的なるもの―」（「富山工業高等専門学校紀要」二十五号、一九九一年三月）

（42）勝又浩、木村一信『昭和作家のクロノトポス 中島敦』双文社出版、一九九二年十一月

（43）『中島敦全集1』ちくま文庫、一九九三年一月

（44）木村瑞夫「中島敦『山月記』論―李徴にとっての〈神〉―」（「国語と国文学」七十一号、一九九四年三月）

（45）本田孔明「中島敦『弟子』」論―もう一つの「歴史」小説のために―」（「立教大学日本文学」七十三号、一九九四年十二月）

（46）本田孔明「断章の誘惑―中島敦『北方行』の位相―」（「立教大学日本文学」七十五号、一九九六年一月）

（47）橋本忠広「中島敦における英文学受容―澤村寅二郎の存在とハックスレイ『対位法』―」（「日本文学」四十五号、一九九六年八月）

（48）橋本忠広「中島敦とハックスレイ―『北方行』と『対位法』について―」（「昭和文学研究」三十四号、一九九七年二月）

（49）淵原伸子「『山月記』論」（「金沢大学国語国文」二十二号、一九九七年二月）

（50）丸尾実子「『わが西遊記』の成立」（「成城文芸」一六二号、一九九八年三月）

（51）藤村猛『中島敦研究』渓水社、一九九八年十二月

（52）山本欣司「後悔の深淵―『山月記』試論―」（「日本文学」四十七号、一九九八年十二月）

（53）李俄憲「中島敦『弟子』とその典拠」（「現代社会文化研究」十五号、一九九九年九月）

（54）李俄憲「『一片の冰心を恃む』―中島敦『弟子』における子路の形成―」（「現代社会文化研究」十六号、一九九九年十二月）

（55）仁科路易子「中島敦『弟子』試論」（「立教大学大学院日本文学論叢」一号、二〇〇一年三月）

（56）勝又浩、山内洋編『中島敦『山月記』論集』クレス出版、二〇〇一年十月

（57）清水雅洋『求道者の文学　中島敦論』文芸社、二〇〇二年一月

（58）村山吉廣『評伝・中島敦―家学からの視点』中央公論新社、二〇〇二年九月

（59）村田秀明『中島敦『弟子』の創造』明治書院、二〇〇二年十月

（60）木村瑞夫『論攷　中島敦』和泉書院、二〇〇三年九月

（61）孫樹林「中島敦『弟子』論―「義」「仁」「中庸」を中心に―」（「近代文学試論」四十一号、二〇〇三年十二月）

（62）勝又浩『中島敦の遍歴』筑摩書房、二〇〇四年十月

（63）渡邊一民『中島敦論』みすず書房、二〇〇五年三月

（64）西原大輔「中島敦『李陵』『弟子』と南洋植民地」（「比較文学研究」八十六号、二〇〇五年十一月）

（65）松村良「中島敦『弟子』論―師弟愛について―」（「学習院大学国語国文学会誌」五十一号、二〇〇八年三月）

（66）川村湊『狼疾正伝　中島敦の文学と生涯』河出書房新社、二〇〇九年六月

（67）渡辺ルリ「1930年北平における不安と模索―中島敦『北方行』論―」（「叙説」三十八号、二〇一一年三月）

（68）藤村猛『中島敦論―習作から「過去帳」まで―』渓水社、二〇一五年二月

（69）橋本正志『中島敦の〈南洋行〉に関する研究』おうふう、二〇一六年九月

（70）杉岡歩美『中島敦と〈南洋〉―同時代〈南洋〉表象とテクスト生成過程から―』翰林書房、二〇一六年十一月

　本書における決定稿は『中島敦全集』（全四巻、筑摩書房、二〇〇一年十月―二〇〇二年五月）である。

参考文献

（1）堀正人『オルダス・ハックスレィ研究』全国書房、一九四六年六月
（2）岡田正之『日本漢文學史』吉川弘文館、一九五四年十二月
（3）袁枚『随園詩話』（上・下）人民文学出版社、一九六〇年
（4）アンリ・マスペロ著、川勝義雄訳『道教 不死の探究』東海大学出版会、一九六六年六月
（5）冨倉光雄『献身』弘文堂、一九七五年五月
（6）前田陽一『パスカル『パンセ』注解』岩波書店、一九八〇年五月
（7）田鍋幸信編『写真資料中島敦』創林社、一九八一年十二月
（8）栗津則雄『文体の発見　本居宣長から中島敦まで』青土社、一九八三年二月
（9）『京城發達史』（韓國地理風俗誌叢書 44）경인문화사、一九八九年四月
（10）アーサー・ウェイリー著、松本幸男訳『袁枚伝』彙文堂書店、一九九二年
（11）勝又浩、木村一信編『昭和作家のクロノトポス』双文社出版、一九九二年十一月
（12）酈道元著 趙望秦等訳『水経注』錦繡出版、一九九三年
（13）渡辺一夫『狂気について』岩波書店、一九九三年十月
（14）小沢秋広『中島敦と問い』河出書房新社、一九九五年六月
（15）杨世明《唐诗史》重庆出版社、一九九六年十月
（16）陣内秀信、朱自煊、高村雅彦編『北京　都市空間を読む』鹿島出版会、一九九八年二月
（17）湯浅泰雄『湯浅泰雄全集　第五巻　東洋精神史』白亜書房、一九九九年
（18）平林文雄『中島敦　注釈　鑑賞　研究』和泉書院、二〇〇三年三月

（19）諸坂成利『虎の書跡　中島敦とボルヘス、あるいは換喩文学論』水声社、二〇〇四年十二月

（20）島内景二『中島敦『山月記伝説』の真実』文藝春秋、二〇〇九年十月

（21）山下真史『中島敦とその時代』双文社出版、二〇〇九年十二月

（22）梅本宣之『文学　一九三〇年前後『私の行方』』和泉書院、二〇一〇年十二月

（23）郭勇《中岛敦文学的比较研究》北京大学出版社、二〇一一年八月

（24）孫樹林『中島敦と中国思想—その求道意識を軸に—』桐文社、二〇一一年十一月

（25）佐野幹『『山月記』はなぜ国民教材となったのか』大修館書店、二〇一三年八月

初出論文一覧

第一章第一節
「中島敦『プウルの傍で』論」
(「日本言語文化研究」五号、延辺大学出版社、二〇一八年六月)

第一章第二節
「中島敦『斗南先生』論」
(「日本近現代文芸研究会」創刊号、二〇一八年十月)

第二章第一、二節
「三造の死生徘徊―『北方行』から『狼疾記』へ」
(「立命館文学」六八五号、二〇二三年八月)

第三章第一節
「中島敦の漢詩と『山月記』」
(「日本文芸学」五十五号、二〇一九年三月)

第四章第一節
「中島敦『悟浄歎異』試論―『結果論』の意味と南洋行前後の異同をめぐって―」
(「『外地』日本語文学研究論集」創刊号、二〇一九年四月)

第四章第二節
「中島敦『弟子』論」
(「日本近現代文芸研究」二号、二〇一九年十月)